PARIS

ET LONDRES

COMPARÉS.

IMPRIMERIE DE DUCESSOIS,
QUAI DES AUGUSTINS, n° 55.

PARIS

ET LONDRES

COMPARÉS,

Par M. Amédée DE TISSOT.

Paris.

A. J. DUCOLLET, LIBRAIRE-ÉDITEUR,
ET CHEZ LES PRINCIPAUX LIBRAIRES.

—

1830.

PARIS

ET LONDRES

COMPARÉS.

UN ouvrage étendu, sous le titre que j'indique, pourrait être d'une grande utilité; mais il exigerait de longues recherches et la collaboration d'un certain nombre d'hommes de talent, possédant des connaissances politiques, législatives, administratives, judiciaires, médicales, commerciales, polytechniques, littéraires, etc., et des renseignemens statistiques officiels, concernant les deux capitales dont on veut faire le parallèle.

Je désire que des savans, des observateurs anglais et français s'occupent dans la suite de la réalisation de ce vaste projet, qui nécessiterait la comparaison de la religion, de la constitution, des lois, des réglemens, des usages, et, enfin, du matériel et du personnel de ces deux villes, qui, placées au sommet de la civilisation, ne sont cependant point des cités modèles. Je me bornerai à consigner ici mes observations personnelles, sans répéter les détails statistiques qu'on peut trouver dans des ouvrages déjà publiés (1).

Le but que je me suis proposé est d'introduire plusieurs améliorations dans les lois et usages des deux capitales.

On dirait que les rues de Paris ne sont faites que pour les gens qui ont voiture. Elles rappellent trop le temps où la bourgeoisie et le peuple, méprisés par de méprisables hommes de cour, devaient en recevoir les éclaboussures comme de l'eau bénite. Sous la république, le peuple souverain n'a pas cessé de se traîner docilement dans les boues de Paris. Napoléon, qui a puissamment contribué à l'embellissement et à l'assainissement de cette capitale, a tourné son génie vers des objets étrangers à l'administration intérieure du pays qu'il était chargé de rendre heureux, et ce n'est guère que depuis le règne de S. M. Charles X que, par l'établissement successif de quelques trottoirs, et surtout de plusieurs beaux passages, les Français ont commencé à prouver qu'ils ont aussi le goût de la propreté, ce qu'en voyant les rues de la capitale, on est encore fort disposé à leur contester.

Je dois faire observer que ces nombreux et brillans passages sont le produit de l'industrie particulière, et que l'administration municipale et le gouvernement sont restés étrangers à cet heureux mouvement. Jamais un député de Paris n'a songé à proposer à la chambre quelques mesures pour l'assainissement de la ville, dont il était obligé de protéger les intérêts.

On sait que le pavé de Paris, jadis établi, sans doute, par l'homme le plus inepte du royaume, est composé de pierres d'environ neuf pouces de côté, et d'une surface convexe, presque toujours couverte de glaise humide. C'est une espèce de supplice que de marcher sur cet amas de cailloux raboteux, et de glisser continuellement, au risque de tomber et d'être écrasé sous les voitures. Ou l'on doit, comme en Angleterre, adopter l'usage de la mac-adamisation, qui offre cependant quelques inconvéniens, ou Paris doit être pavé de pierres d'une surface plane, unies par un ciment indissoluble.

A Londres, comme dans le petit nombre de ceux qui existent à Paris, les trottoirs n'ont point une largeur suffisante ; une rue centrale, telle que la rue Vivienne, qui réunit la place de la Bourse au Palais-Royal, devrait être moins étroite, et la rue de la Bourse, à peine commencée, n'a également point une largeur proportionnée à l'étendue du monument qui lui fait face. Ici, comme dans mille autres bévues des directeurs de la grande-voirie, on remarque que les architectes du gouvernement n'entendent rien à la construction des villes.

Paris est le purgatoire des gens qui n'ont pas entièrement perdu l'odorat. Les eaux fétides, échappées de toutes les maisons, croupissent dans les rues déjà infectées par le fumier de cinquante mille chevaux. Dès le matin, de vieilles portières viennent déposer dans la boue du ruisseau leur tribut de malpropreté; les murs même de toutes les maisons sont tapissés et corrodés par l'urine de toute la population plébéïenne. Mais quelle propreté règne à Londres! avec quelle liberté l'on y respire un air pur, sans être obligé, comme à Paris, de détourner les yeux à chaque pas, et de suspendre sa respiration, pour n'être pas incommodé par des miasmes pestilentiels et par la vue d'un vaste cloaque!

Il faudrait que les personnes qui composent la haute administration municipale, que

M. le préfet de police et les agens qui sont chargés sous lui d'entretenir la salubrité dans Paris, allassent étudier et admirer à Londres la propreté de cette immense cité, et qu'ils en ramenassent un certain nombre d'hommes dont les fonctions seraient d'établir à Paris les mêmes moyens de propreté et de salubrité qu'on emploie à Londres. Ne vaudrait-il pas mieux envoyer aussi des jeunes gens étudier cet art important, que de les entretenir à Rome, dont tous les monumens nous sont parfaitement connus? Au reste, loin de blâmer les études qu'on fait faire à de jeunes artistes à Rome, je voudrais que les architectes, pour être autorisés à exercer leur art à Paris, fussent obligés de prouver qu'ils ont voyagé en Italie et en Angleterre.

Quoique les maisons de Londres soient peu élevées et non moins inégales que celles de Paris, où généralement on n'en trouve pas deux qui paraissent avoir été faites par le même maçon; les grandes rues de Londres offrent dans la nuit un spectacle magnifique, l'éclairage par des candelabres placées de chaque côté des trottoirs formant une véritable illumination; aussi jusqu'à deux heures du matin les rues sont-elles pleines de monde,

et y jouit-on de la plus parfaite sécurité. Mais
à Paris! que je plains les pauvres amateurs, qui
sortant du spectacle après onze heures, lorsque les boutiques sont fermées, veulent ren-
trer chez eux, en parcourant des rues parfu-
mées par le char triomphal des vidangeurs!
Dans la profonde obscurité qui les environne,
les citoyens, provoqués ou insultés par de sales
coureuses, sont exposés à se voir voler et as-
sassiner, sans pouvoir, comme à Londres,
appeler un watshman, puisque cette institution nous manque totalement.

J'ai contribué à faire adopter à Paris il y
a quelques années l'usage du gaz hydrogène.
Au commencement de 1828, je m'adressai
aux directeurs de plusieurs compagnies de
gaz, en les engagant à se charger de l'éclairage
des rues de la capitale. Les lanternes y sont
placées à la distance de 80, 100 et même de
120 pas les unes des autres. Leur sombre clarté
parvient à peine jusqu'au sol et ne peut guère
servir qu'à indiquer aux cochers ivres le milieu de la rue, tandis qu'à Londres la lumière
que répand le gaz est si grande, qu'on pourrait lire chemin faisant, comme en plein
jour. Eh bien! croirait-on que, par l'effet d'une
parcimonie, qu'un député nommerait une

économie de bouts de chandelle, lorsqu'il s'agit de la sécurité publique et de l'embellissement d'une capitale séjour de nos Rois, l'administration de la police a répondu aux entrepreneurs, « qu'elle consentirait à laisser » éclairer Paris par le gaz ; mais sans vouloir » faire aucune dépense de plus qu'actuelle- »'ment, » malgré les frais considérables de premier établissement de tuyaux et candelabres ; et cependant il s'agit de répandre une lumière vingt fois plus intense et plus extense que l'ombre de clarté que jettent nos réverbères (2).

Paris, avec sa malpropreté et son obscurité, est-il bien la capitale du monde civilisé ? Quand on voit l'insolence et la grossièreté des gens du bas peuple, ne serait-on pas tenté de le prendre pour la capitale du monde incivilisé ?

Voici quelques améliorations que je propose à M. le préfet du département et à M. le préfet de police.

1°. L'établissement successif de trottoirs dans toutes les rues de Paris, en accordant une prime aux propriétaires qui contribueraient par là à diminuer la dépense du pavage et à l'assainissement de la capitale.

2°. De remplacer le pavé actuel soit par la mac-adamisation, soit encore mieux par un pavé uni et bien cimenté.

3°. L'écoulement des eaux ménagères.

4°. La suppression des plombs qui infectent les escaliers de presque toutes les maisons.

5°. Le balayage quotidien de toutes les rues, places, boulevards, trottoirs etc. Il avait été question d'employer à ce travail des mendians et ce projet n'était pas indigne d'être pris en considération.

6°. L'éclairage des rues par le gaz à l'instar de Londres.

7°. L'établissement de watshmen et de constables.

8° Une ordonnance portant obligation de placer des fumivores au-dessus de chaque bec de gaz, tant dans les magasins et autres établissemens particuliers, que dans les théâtres et les passages où la vapeur du gaz répand une odeur désagréable, et doit altérer la santé, comme il serait utile de le faire constater par des expériences scientifiques.

9°. De faire établir des ventilateurs dans tous les théâtres, où la santé publique est livrée à l'avidité des spéculateurs, sans qu'on ait jamais songé à faire estimer officiellement quel est le nombre de spectateurs que chaque salle de spectacle peut contenir sans danger pour leur vie et leur santé.

10° La défense de fumer dans les rues, places, jardins et passages, qui sont infectés par l'insupportable odeur du tabac de la régie.

11° L'obligation de placer des chénaux à tous les toits qui donnent sur la rue.

12° La défense de scier du bois dans les rues, pour éviter un encombrement qui n'est pas sans dangers : c'est au chantier que chacun doit faire scier son bois.

Il y aurait encore une foule de réglemens à proposer à l'administration ; mais il serait superflu d'en dresser la liste, tant qu'elle ne s'occupe point de ceux qui sont les plus urgens.

J'ai adressé, il y a nombre d'années, à l'Académie de médecine de Paris, un projet auquel elle a accordé son approbation : c'était la composition du dictionnaire de la santé humaine, comprenant la statistique médicale et l'hygiène privée et publique universelles. Ce vaste plan, qui aurait exigé la coopération des savans et philantropes de tous les pays, et dont un des principaux objets était d'indiquer aux gouvernemens les améliorations de tout genre, que chaque localité, chaque climat, chaque nation, chaque classe de ci-toyens peut réclamer, ce plan n'a point été exécuté. On aurait pu du moins s'occuper provi-soirement de la statistique médicale et de l'hy-giène privée et publique de Paris. Messieurs les médecins auraient-ils eu la délicatesse de ne point vouloir s'approprier mon projet? Je crois plutôt que la difficulté de vendre les ouvrages les plus utiles s'est opposée à cette entreprise; d'ailleurs l'hygiène, dont l'objet serait qu'il n'existât aucune maladie, est en opposition directe avec l'intérêt immédiat des médecins et des chirurgiens; aussi cette par-tie n'a-t-elle jamais été traitée que d'une ma-nière très-éloignée de son importance et de la profondeur de mes vues, qui embrassent l'administration entière de la société hu-maine, c'est-à-dire, l'homme, depuis le ber-ceau jusqu'au tombeau, considéré sous les rapports de l'âge, du sexe, du climat, de la localité, de l'état ou de la profession, de la nourriture, des vêtemens, des travaux, des plaisirs, de la religion, de la constitution politique, de l'état de paix ou de guerre, d'innocence ou de culpabilité, de résidence fixe ou de voyage dans telle ou telle contrée, sur terre ou sur mer, avec l'indication des mesures publiques et particulières à prendre pour prévenir ou combattre les maladies épidémiques ou contagieuses, et enfin les incendies, les crimes, la guerre et tous les malheurs qui pèsent sur l'humanité, souvent par l'effet de son incurie et de son imprévoyance.

Presque toutes les personnes qui habitent l'intérieur de Paris, qui y sont nées et qui ne sortent guère de chez elles, ont le teint pâle et plombé, ce qui n'est point favorable à la beauté, ni un indice de santé; mais à Londres, où les enfans peuvent sans danger sortir et jouer sur les trottoirs, dans des rues très-propres et aérées, on remarque sur tous les visages un air de santé et de prospérité qui charme l'étranger.

Les médecins ont besoin de leur temps pour faire fortune et du moins pour végéter. On doit peu compter sur leur coopération pour obtenir une réforme dans la construction des rues, des maisons et de tout ce qui peut assainir une ville. Il faudrait que le gouvernement entretînt à ses frais un certain nombre d'hommes, qui, pourvus de connaissances médicales, renonçassent à l'exercice habituel de leur art, pour s'occuper uniquement d'hygiène publique, et qui fussent indemnisés des dépenses que leur causeraient leurs voyages, leurs publications et leur correspondance scientifique.

Il est vivement à désirer que l'usage des voitures à vapeur remplace incessamment celui des chevaux dans les grandes villes, où l'urine et la fiente de ces animaux répand une odeur désagréable et des miasmes insalubres. A Londres, on a soin de placer les écuries dans des endroits écartés ; mais à Paris il est peu de maisons d'une certaine importance où l'on n'ait écurie et remise. Dès les trois ou quatre heures du matin, on entend des palefreniers et de grossiers valets d'écurie crier, chanter, siffler, agiter brusquement une pompe (3), jeter violemment les sceaux par terre, étriller des chevaux et lier avec eux une bruyante conversation, en sorte que le sommeil de quarante familles est troublé pour procurer à une fille entretenue et souvent à des hommes non moins méprisables le plaisir de dire qu'ils ont voiture ! Dès sept heures du matin viennent ensuite des domestiques battre des habits et persécuter ainsi jour et nuit des gens qui, s'ils voulaient rendre tapage pour tapage, feraient de la capitale une ville inhabitable.

Observons que ces élégans, ces femmes, riches ou censées telles, qui rentrent bruyamment à une heure après minuit du spectacle ou de quelque soirée, paraissent avoir les oreilles aussi à l'épreuve du vacarme causé par leurs chevaux et leur valetaille, qu'à celle du charivari rossinien, qu'il est de mode d'endurer sans se plaindre, comme il est beau chez les sauvages de l'Amérique de supporter les supplices les plus barbares, sans donner la moindre marque de douleur.

On accusait jadis les Français d'avoir les oreilles doublées de parchemin, aujourd'hui l'on doit les féliciter de les avoir doublées de tôle.

Ce n'est point à Paris, dans la classe des personnes riches ou nobles, qu'on trouve des femmes, je ne dirai pas belles; mais du moins jolies. Non; d'abord elles manquent presque toutes de fraîcheur, par l'effet de la vie inactive qu'elles mènent, et de ce qu'elles croiraient déroger en faisant journellement deux lieues à pied, comme l'exigerait le soin de leur santé et de leur beauté; ensuite un certain air prétentieux enlaidit leur physionomie; car il ne faut pas se dissimuler que nos sentimens habituels, nos occupations nos pensées embellissent ou défigurent nos traits ; le fait suivant ne fait que confirmer ce système. Je me trouvais au concert de mademoiselle ***; il n'était pas encore commencé, lorsque deux jeunes personnes de dix-huit à vingt ans, accompagnées de leur mère, se placèrent aux premières galeries. Je n'ai jamais vu de figures qui annonçassent mieux la stupidité que celle de ces deux demoiselles, dont les traits empâtés, le visage bouffi et sans expression excitaient un murmure général. Eh bien, ces dames appartenaient à la première noblesse de France ! J'appris ensuite qu'elles était d'une ignorance rare, et telle, qu'une de ces demoiselles, qui depuis nombre d'années étudiait inutilement la musique, ne savait pas même plier et cacheter une lettre !

C'est dans la salle de l'Opéra italien (Kings Théâtre) de Londres qu'on voit une réunion admirable de jolies femmes, telle que Paris n'en a jamais offert. La salle du grand Opéra de Paris, comparée à celle de Londres, est sous ce rapport véritablement hideuse. A Londres on peut compter dans cette brillante réunion 4 à 500 jeunes personnes de 16 à 25 ans, toutes parées, c'est-à-dire en

cheveux et les épaules découvertes. A Paris
les femmes s'empaquètent jusque sous le men-
ton, soit par une ridicule affectation de modestie, soit que le grand nombre de femmes
qui n'ont ni la peau blanche, ni des formes
belles et bien conservées, ait fait adopter cet
usage infiniment trop pudique. D'ailleurs, on
ne voit que peu de jeunes femmes à l'Opéra
de Paris; de vieilles comtesses, de vieilles
douairières envahissent les loges et l'amphi-
théâtre: les troisièmes et quatrièmes sont pleines de gens du bas peuple et de femmes en-
capuchonnées d'un vilain bonnet, tel que le
portent les poissardes, leurs commères, et
souvent tout ce beau monde entre avec des
billets donnés !

Il faut convenir que les Français, ni les
Anglais, ni la plupart des peuples de l'Europe
n'ont aucun goût pour leur mise ; que le frac,
la chemise et la cravate empesées et surtout le chapeau de feutre de la forme la plus bizarre, composent un costume ridicule et avi-
lissant. La statue d'un grand homme, vêtu
de cette manière, l'exposerait à la risée de la
postérité jusqu'à la dernière génération de
l'espèce humaine. Qu'on en juge par les statues
de soldats qui sont sur l'arc de triomphe du

Carrousel. Il faut que Napoléon n'ait eu aucun goût en matière de beaux-arts, pour avoir, par ce monument, immortalisé un costume ignoble et grotesque, inventé par d'ineptes tailleurs Allemands.

On doit également blâmer les modes que les femmes, en France, adoptent si facilement pour les abandonner ensuite avec dédain : elles sont toutes également dépourvues de noblesse. Dans les siècles passés, les femmes avaient une mise plus favorable à la beauté. La mise des hommes et des femmes est d'ailleurs très éloignée des exigences de l'hygiène.

Les Turcs et les peuples de l'Orient se coëffent et s'habillent d'une manière plus analogues à la dignité humaine, qui en France est tellement ravalée que souvent un législateur, un prêtre, un savant, sont éclipsés par un garçon perruquier ou par un décrotteur endimanché.

A Londres, les femmes du bas peuple sont encore plus mal mises qu'à Paris : elles ne savent point danser, ce qui peut contribuer à leur donner un air gauche et une étrange tournure.

Les Anglais auraient besoin que nous leur envoyassions annuellement une cargaison de

maîtres de danse et de musique, de coutu-
rières et de modistes, et surtout de matelas-
siers, car les matelas des Anglais, ainsi que
leurs paillasses piquées, sont tellement durs
et peu élevés qu'on serait à peu près aussi bien
couché par terre : un envoi de cuisiniers, de
pâtissiers et de glaciers ne serait pas moins
utile aux habitans d'Albion. La cuisine des
Anglais est celle d'un peuple encore sauvage,
leurs viandes rôties répandent le sang à grands
flots; leurs légumes à moitié cuits dans l'eau
et sur lesquels on jette un morceau de beurre,
sont un mets dont l'invention pourrait être
revendiquée par les Cosaques.

Heureusement il est à Londres quelques
restaurateurs Français dont les prix sont
moins élevés que ceux de plusieurs de leurs
confrères de Paris.

Nos vins sont fort chers à Londres, même
ceux que l'on y fabrique. Le pain et la viande
y sont d'une qualité parfaite et approchant
au même prix qu'à Paris. On trouve à Londres
des établissemens où l'on vend du bœuf, du
mouton et du veau rôtis ou bouillis à la livre.
Ce serait une innovation à introduire à Paris.

On reproche aux Anglais d'être moins gais
que les Français ; cependant j'ai vu rire pres-

que continuellement à la comédie à Londres ;
cela tient à la liberté accordée aux auteurs
et à l'originalité singulière de quelques ac-
teurs anglais. Les habitans d'Albion devien-
draient plus gais et par conséquent plus heureux s'ils changeaient leur régime nutritif,
si une forte réduction dans les droits d'entrée
leur permettait d'avoir des vins à des prix
modérés, si un changement notable, à leurs
usages et à leur religion, leur laissait la liberté de se divertir, d'aller au spectacle et
de danser le dimanche ; si, au lieu de parcs,
dont la seule vue inspire une sombre mélan-
colie, ils élevaient de brillantes salles de
danse et de concert, auprès de magnifiques
jardins, ornés de statues ; mais la modestie
anglaise est telle, qu'il n'existe à Londres
aucunes statues de femmes nues ; en sorte
que, pour admirer la belle nature, force est
de renoncer à des marbres inanimés, et de
choisir entre 50 ou 60 mille beautés qui, à
certaines conditions, imposent un silence
momentané à leur invariable pudeur nationale.

Les bains publics sont en très-petit nombre
à Londres, et leur prix ordinaire est de 5 fr.
Il me semble qu'il y aurait une bonne et utile

spéculation à faire, en établissant à Londres
des bains à l'instar de ceux de Paris, où l'on
en donne pour 20 et même pour 15 sous. Les
bains portatifs pourraient également trouver
bien des amateurs chez les Anglais. On pourrait introduire à Paris l'usage des bains d'eau
de mer qu'on prend à Londres.

J'oubliais, en parlant des Phrynés d'Albion,
dont les traits et les charmes romantiques
feraient aisément oublier la classique et fade
Vénus de Médicis, que cet article peut intéresser quelques voyageurs français.

J'avais entendu dire que ces dames n'o-
saient pas aborder les hommes; c'est une
calomnie : elles sont aussi prévenantes que
les Françaises, et fourmillent dans les rues,
dont, pendant la nuit, elles obstruent les
trottoirs. Bon nombre de ces intrépides pro-
meneuses ne se retirent qu'au lever du soleil,
d'autant plus que plusieurs spectacles ne finis-
sent qu'après une heure du matin, et qu'alors
les rues sont plus brillantes de clarté qu'en
plein jour. On ne laisse entrer ces belles
dans aucune maison honnête. Je suppose
même qu'un étranger habite sous le même
toit que des femmes galantes, croirait-on
qu'il ne lui est pas permis d'en recevoir du

dehors chez lui ? La maîtresse de là maison,
fût-elle une Laïs, viendrait faire tapage à la
porte de son locataire et chasser ignominieuse-
ment sa tremblante compatriote, ou la
faire arrêter par le watchman ; l'esprit du
monopole se glisse partout. A Paris, chacun
est libre chez soi, et dans la plupart des maisons garnies, on reçoit dans le jour des
femmes, sans éprouver de difficulté : il est
vrai qu'il est peu d'hôtels garnis où l'on puisse
passer la nuit avec une jolie femme. Je pense
qu'à Paris comme à Londres la jalousie des
maîtresses d'hôtels entre pour beaucoup dans
les embarras de ce genre, qu'elles suscitent
à leurs pacifiques locataires.

Ce qu'on n'a point en France, et qui doit
à Londres beaucoup plaire aux amateurs
étrangers, c'est l'agréable surprise de se voir,
aussitôt leur arrivée au spectacle, entourer
par une foule de jeunes personnes bien mises,
qui viennent lier conversation avec eux dans
les loges et aux foyers qui, en Angleterre,
sont très-vastes. Le théâtre *English opera
House* a lui seul trois grands foyers, dans
l'un desquels se trouve une espèce de parterre
de fleurs (4). Ces femmes, jouissant de la plé-
nitude de leurs droits sur le sol inviolable de

la liberté, ne craignent pas de se comporter d'une manière souvent indécente dans les corridors, où il n'y a point d'ouvreuses, mais des placeurs très-indulgens pour le sexe. Par l'effet du même principe de liberté illimitée, on n'a point tracé de ligne de démarcation entre les prostituées et les femmes honnêtes; en sorte qu'aucune femme n'est obligée de se présenter au dispensaire, comme les filles le sont à Paris; aussi les maladies syphillitiques ne sont - elles point rares à Londres.

Elles ne le sont pas non plus à Paris, où les prostituées ne sont forcées de se faire visiter qu'une fois par mois, tandis qu'il faudrait qu'elles le fussent tous les jours ou de deux jours l'un. Il est peu de jeunes gens qui, en arrivant à Paris, ne soient victimes de l'incurie de la police à cet égard. Cette cruelle maladie, lorsqu'elle n'entraîne pas au tombeau, après de longues tortures, ceux que la nature et leur inexpérience y expose, altère du moins leur santé et fait peser sur leurs descendans (quand ils peuvent en avoir) le rude châtiment d'un péché imaginaire!

Il serait vivement à désirer, dans l'intérêt pressant de la santé publique et de l'humanité,

que des établissemens rigoureusement sur-
veillés par des employés de la police, préser-
vassent de ce fléau une partie assez impor-
tante de la population de la France.

Du moins à Londres on ne voit pas, comme
à Paris, ces êtres infâmes qui, sous le nom
d'amans ou de souteneurs de femmes (pour
ne pas me servir d'un terme plus exact),
doublent le scandale de la prostitution publique, en s'associant à toute la honte, aux
vols, aux insultes et aux attaques nocturnes
de viles dévergondées, dont il est impossible
d'obtenir justice, puisqu'elles sont, grâce à
quelques pour-boire et à leurs faveurs gra-
tuites, sous la protection habituelle des agens
de la police et des gendarmes. Enfin, supposé qu'on parvint à en faire arrêter une, il
faudrait avoir avec elle et ses souteneurs un
procès dont le scandale, quoique basé peut-
être sur des mensonges, produirait un effet
très-fâcheux pour l'homme insulté ou mal-
traité; aussi des prêtres, des hommes mariés
viennent-ils *journellement* se plaindre aux
commissaires de police de vols ou d'autres
délits commis par des prostituées ; et cela toujours infructueusement. Il est cependant singulier que cette même police, qui a le pouvoir

de mettre hors de la loi les femmes publiques et de les faire incarcérer lorsqu'elles sont atteintes de certaines maladies ou en retard pour la visite du dispensaire, lorsqu'elles ne sont pas rentrées à onze heures du soir, etc., prétende n'avoir pas le droit de les faire arrêter et juger administrativement, lorsqu'il s'agit de vol ou d'attaque sur un honnête homme!

Le privilége qu'ont de fait ces créatures d'insulter les passans, demande de nouveaux et très-sévères réglemens du préfet de police, qui, depuis son installation, en a fait et mis en vigueur bien d'autres d'une exécution plus difficile. Il est urgent de purger le boulevard de Coblentz et le Palais-Royal, non-seulement de ces harpies, mais encore de leurs dignes acolytes et de quelques êtres plus infâmes, qui, à ce qu'on m'assure, payaient, du temps de Napoléon, la même rétribution que les femmes publiques, et qui continuent, à ce qu'il paraît, d'exercer leur commerce libre de tout impôt (5).

Si l'amour désordonné des Anglais pour la licence, qu'ils nomment liberté, fait qu'on est fort exposé à Londres à être empoisonné par le redoutable virus vénérien, témoin ir-

récusable de la foi que mérite la pruderie anglaise, et qui est telle, que nombre de jeunes
filles de dix à douze ans accostent les passans
en plein jour; l'esprit de liberté se manifeste
par l'aversion que les habitans de Londres ont
pour les militaires, dont on ne voit guère
qu'une compagnie pour la garde du roi. Partout ailleurs, l'ordre est maintenu par des officiers civils, et l'on n'y connaît pas les gendarmes. Voilà une innovation qui trouvait à
Paris bien des anglomanes.

Je ne sais dans quel livre j'ai vu, il y a
quelques années, une plaisanterie sur mon
projet de langue universelle et d'union des
peuples. L'auteur avançait, qu'en effet, pour
se mettre d'accord, il fallait qu'ils pussent
s'entendre. Ce jeu de mots n'est qu'une vérité;
presque tous les peuples qui parlent la même
langue forment un corps de nation et regar-
dent comme étrangers ceux qui se servent
d'un autre idiôme. En uniformant la langue, la
religion, la constitution, les usages, les lois, les
mœurs et les délassemens des peuples, on les
habituera à se considérer comme membres de
la même grande famille humaine et à coopérer
tous aux nobles entreprises de la civilisation.

Les prêtres qui, par des vues d'intérêt personnel, s'opposent presque tous à la fusion
d'opinions religieuses, bien désirable dans
l'intérêt de la vérité et de l'humanité, per-
dent chaque jour l'influence que la restaura-
tion a cru devoir leur rendre temporairement.

Quant aux rois, aux empereurs et autres
potentats, il faudra que successivement ils
fléchissent et obéissent au mouvement général des peuples vers un état de bien-être uni-
versel, et changent, pour ainsi dire, leurs
titres de maîtres des nations contre celui
d'assureurs de la paix et de garans responsa-
bles de la vie, du logement, du vêtement, de
la nourriture, du chauffage, de l'éclairage,
d'une liberté raisonnable et du bonheur de
leurs sujets, qui seront des sociétaires et des
assurés. Loin de vouloir nuire au respect que
les peuples doivent aux rois, mon intention
est d'ajouter aux titres que les gouvernans
peuvent avoir à la reconnaissance publique.

Dans cet état de choses, que notre siècle
prépare, de nombreuses armées, occupées à
détruire les hommes ou même à ne rien faire
sont un fléau plus insupportable pour une
nation que tous les moines et toutes les congrégations qu'elle serait chargée d'entretenir

sans fruit. Il est donc indispensable que les peuples s'entendent pour réduire à très-peu de chose les armées, comme un [pouvoir destructeur de la prospérité publique et comme un instrument d'oppression.

On ne choisit pas pour rois les hommes les plus philosophes. Sous le rapport de la supériorité intellectuelle, les gouvernans sont fréquemment au-dessous des gouvernés; ainsi l'on attendrait vainement la fin de cet usage barbare qu'on nomme conquêtes, et qui n'est, en réalité, qu'un brigandage en gros, dans lequel le prince le plus puissant cherche à dépouiller son voisin plus faible; d'ailleurs les rois, leurs ministres et leurs fidèles conseillers les diplomates, ont intérêt à faire quelquefois la guerre; c'est un moyen de se donner de l'importance, de la célébrité et de faire parler d'eux beaucoup plus qu'on ne pourrait le faire, si l'on était réduit à louer leurs talens, leurs vertus et leur sagesse administrative. La guerre semble faire croire qu'ils sont nécessaires, lorsqu'ils sont les auteurs de ce cruel fléau; c'est cependant en la rendant impossible que les rois assureraient leur haute situation et obtiendraient une gloire plus réelle.

Un temps viendra où l'armée, qui a presque

le monopole des faveurs royales, sera réduite aux modestes fonctions de conservatrice de l'ordre public, c'est-à-dire de ce que nous appelons actuellement gendarmes; c'est la ravaler aussi bas que possible; mais il ne tiendra qu'à elle de faire oublier ses devanciers, souvent un peu tarés.

En attendant ce bienheureux moment, il me semble qu'on pourrait utiliser les bras oisifs des soldats, en les occupant aux travaux que réclament les routes de France, qui sont dans un état déplorable, et en adoptant le système de la mac-adamisation à l'instar des routes d'Angleterre. L'armée pourrait également être occupée à creuser des canaux, pour augmenter la prospérité de l'État.

Les grandes routes de France, à compter de deux lieues au-delà de Paris, ont un superflu de largeur qu'on pourrait vendre au profit des classes pauvres, en laissant subsister les arbres qui offrent leur ombrage aux paysans et aux voyageurs.

Dans une brochure publiée il y a dix ans, (*Tableau dispositif de la session de* 1819), j'ai parlé de l'avantage qu'il y aurait à établir à Paris un port maritime. C'est pour ce superbe projet que le ministère aurait dû réserver toutes ses ressources. Au lieu d'insister sur la nécessité de semblables améliorations matérielles, les feuilles politiques ne mettent à l'ordre du jour que les sujets qui peuvent intéresser l'esprit de parti, et les journaux littéraires, qui auraient la faculté d'aborder les matières politiques, ne profitent pas de cet avantage pour servir l'industrie et la gloire nationales. C'est après avoir fait cette remarque, que j'ai formé le projet de deux nouveaux journaux politiques, offrant chacun un cadre spécial et très-vaste : je crois pouvoir le présenter ici, laissant à toute personne qui voudrait établir de pareils journaux une entière liberté d'en adopter le titre et les bases, sur lesquelles je donnerais, sans aucun intérêt, les détails qu'on pourrait désirer.

LE MÉTHODIQUE.

Ce journal paraîtra tous les jours à midi, à dater d'un mois avant l'ouverture des chambres. Pendant la durée de la session, il sera de huit grandes pages, réduites à quatre depuis la clôture des chambres.

Il est fondé sur ce principe qu'il y a in-comparablement plus de lumières, de talens, de science, de patriotisme hors de la chambre que dans les chambres, quelle que soit leur composition.

Les objets spéciaux de la publication du *Méthodique* sont :

1°. D'indiquer, dès les premiers numéros, sous le titre de tableau dispositif de la session, les matières dont la nation demande que le gouvernement représentatif s'occupe.

2°. De faire pour ainsi dire comparaître à sa barre les députés et les ministres, de juger leurs discours et leurs résolutions, et de prononcer même à l'égard de ce qu'ils auraient dû faire ou dire. De blâmer la clôture ou l'ordre du jour, lorsqu'ils sont adoptés trop légèrement.

3°. De condamner parfois les décisions de la chambre relatives aux pétitions, pour lesquelles un registre régulier devrait être tenu, avec obligation de répondre à toutes celles qui n'offrent rien d'inconvenant. Les députés, chargés de la tenue de ce registre, le seraient aussi d'obtenir une réponse du ministre auquel chaque pétition aurait été renvoyée.

4°. Le *Méthodique* offrira encore des pro-

jets de lois et de réglemens de police , des
vues pour l'assainissement et l'embellissement
de Paris, et soumettra à ses investigations
tout le régime administratif de la France.

5°. A la fin de chaque session , ce journal
contiendra dans une série de numéros , un
compte rendu des travaux des chambres, avec
un jugement impartial sur les hommes et les
choses.

Après la fin de la session , le journal s'oc-
cupera plus particulièrement de la politique
générale intérieure et extérieure , des lettres,
des sciences et des beaux-arts et de tout ce
qui intéresse la gloire et la prospérité nationales. Cette feuille, rédigée par d'habiles
publicistes, pourrait être d'une grande utilité.

LE JOURNAL DES LÉGISLATEURS.

La France a dans la chambre un certain
nombre de dignes représentans ; mais a-t-elle
des législateurs ? Peu de MM. les députés
pourraient aspirer à ce titre , que la Charte
ne leur accorde point ; d'ailleurs cette dé-
nomination qu'on ne refuse pas à de grands
hommes de l'antiquité, tels que les Solon, les

Lycurgue, les Numa, les Moïse, les Maho-
met, etc, suppose des vues vastes et profon-
des et l'esprit de novation et de réforme.

Les fonctions des pairs et des députés,
même pris en masse, ne s'élèvent pas si haut,
et se réduisent presque au vote du budget.
Quant aux ministres, leur amour-propre n'a
sans doute jamais été jusqu'à se faire passer
pour législateurs. Tout occupés du soin de
conserver et d'exercer leur pouvoir, ils n'ont
jamais sans doute médité sur les *vices fon-
damentaux* de nos codes, et sur les *lacunes
inconcevables* qu'ils présentent à l'œil du philosophe.

La Charte même réclame de grandes modifications. Un nouveau système de représentation nationale, basé sur autre chose que sur
l'aristocratie financière, dont une longue et
cruelle expérience a prouvé la coupable vé-
nalité, doit pouvoir être offerte, non pas
à la France seule, mais à l'humanité entière et perdre par-là tout caractère sé-
ditieux ; c'est ainsi que j'ai publié, il y a
quelques années, une brochure intitulée *Trisection de la Chambre des députés*, formant
trois pouvoirs distincts, réunis pour certains
objets ; et cet écrit, où je demandais la per-

manence des représentans de la nation et des législateurs, n'a été l'objet d'aucunes poursuites. Il est entendu que cette permanence était subordonnée à la prérogative dissolvante qui appartient au monarque.

Les hommes les plus distingués par leurs talens, leur savoir et leur philantrophie, seront appelés à concourir à la rédaction du *Journal des Législateurs*, qui, pendant la durée de la session, opposera souvent ses décisions à celles des deux chambres. Les procès et débats judiciaires, rapportés dans la *Gazette des Tribunaux,* fourniront aussi matière à de sages réflexions sur la législation, sur la jurisprudence des cours royales et de cassation, sur l'imperfection du jury, sur la mise au secret, sur les législations étrangères et les jugemens rendus hors de la France, sur la nature et le but de nos lois pénales, sur l'égalité devant la loi, qui raisonnablement doit être une égalité relative !

Pendant le temps qui s'écoule entre chaque session, le journal entreprendra la révision de nos Codes et surtout celle du Code pénal, d'une sévérité barbare à quelques égards, *entièrement muet dans bien des cas où il devrait punir,* et point assez rigoureux pour le châtiment de certains crimes.

On trouvera dans cette feuille des articles de législation comparée, où la sagesse des législateurs anciens et modernes de différens peuples sera soumise au jugement des lecteurs.

Quoiqu'il paraisse difficile d'improviser une législation et des articles profondément pensés sur des matières aussi importantes ; il est à désirer que le journal, pour devenir *populaire* et réellement utile, paraisse tous les jours.

On a fait l'éloge de la décision du ministère Martignac, qui exige un énorme cautionnement ; même pour un journal qui occupe le public d'objets étrangers à la politique, et soumet les auteurs et les rédacteurs gérans à des peines et à des amendes énormes.

J'avoue que je ne me joindrai point aux apologistes, et, par la même raison qu'on devait, à mon avis, accorder une récompense aux auteurs d'inventions utiles, au lieu de leur faire payer un brevet ; je voudrais du moins que les journaux rentrassent dans l'ordre commun et ne fussent assujettis à aucun cautionnement. Il est déjà assez d'autres difficultés à surmonter, ne fut-ce que celle de trouver des abonnés chez une nation dont la majeure partie ne sait pas même lire, et où le peuple est dans un état d'incurie extrême sur ses intérêts les plus pressans.

. Un journal qui éclaire la nation sur l'administration intérieure, qui supplée à l'inertie, à l'esprit de routine des gens en place, qui combat avec malice les sophismes et les exagérations, qui propose des améliorations pour toutes les parties faibles ou souffrantes du corps social, qui signale les imperfections de nos lois et même de nos institutions; un tel journal, dis-je, s'il existait, ferait plus de bien à la France que cette tumultueuse chambre des députés, dont les bienfaits ne sont guère qu'en perspective.

Les deux journaux dont je propose la création paraîtraient tous les jours à midi, avant l'heure où les pairs et les députés se rendent aux chambres. Les articles qui demandent des recherches ou de la réflexion, pourraient être ainsi rédigés avec plus d'étendue et beaucoup plus facilement, qu'ils ne le sont dans les feuilles qui paraissent le soir et le matin de bonne heure.

Il a été établi par des tableaux statistiques

officiels que plus du tiers des habitans de Paris expire en prison ou à l'hôpital, sans parler de ceux qui meurent à l'armée ou qui sont écrasés sous les voitures; supplice plus affreux que celui de la roue, puisque les souffrances peuvent durer pendant des mois et des années, et même réduire l'homme si cruellement mutilé à se voir enfermer pour le reste de ses jours dans un dépôt de mendicité.

Quoi! sur six enfans que j'aurais, il y a tout à parier que deux d'entre eux finiront d'une manière si affreuse! Quelle perspective! Est-il chez aucun peuple sauvage ou civilisé un désordre ou une organisation assez vicieuse pour produire de pareils résultats?

En attendant l'époque encore éloignée, où une réorganisation sociale complète aura lieu, et où l'avenir de l'homme sera, dans tous les pays, aussi assuré que l'est chez nous celui du soldat, de l'officier, du général en temps de paix; il faudrait que des personnes charitables formassent des sociétés de secours qui pourraient se composer soit de dépôts volontaires portant intérêt, soit de retenues obligatoires sur les rentes, traitemens, gages et salaires, faites dans l'intérêt des personnes assurées.

Dans un écrit publié il y a quelques années, sous le titre d'une *Macédoine*, on trouve un article intitulé *lecture, interprétation et prédication des lois dans les églises*. A une époque où nos lois pénales et autres seront plus en harmonie avec la raison, ce sera un grand bienfait, que de répandre dans le peuple une terreur salutaire de la justice humaine, et de diminuer ainsi le nombre des victimes et celui des criminels. De telles lectures ou conférences, ayant un but manifestement moral, devraient être faites en présence du peuple et de tous les enfans en âge de les comprendre. Si les églises ne suffisaient pas pour cet usage, on pourrait élever des monumens consacrés à cette noble destination, et qui honoreraient l'humanité.

Sous certains rapports, nos lois sont trop rigoureuses, et la pénalité, loin d'être une garantie contre de nouveaux attentats de la part de l'homme condamné, le met presque dans la nécessité d'y recourir pour soutenir son existence; sous d'autres rapports, et je parle des attentats contre les personnes, comme assassinats, empoisonnemens, blessures et injures graves, la pénalité me paraît trop faible. Le brigand qui a assassiné ou mutilé un homme , doit autant que possible être condamné à des souffrances beaucoup plus longues et plus intenses que celles de l'innocent qu'il a fait périr ou rendu infirme. La mort du coupable doit être précédée d'angoisses, de honte, de privations et de douleurs graduées suivant les motifs du crime , le mérite ou la qualité de la personne assassinée et les souffrances de la victime et de sa famille.

Dans tous les cas d'attentat sur les personnes , le coupable devait être condamné à des dommages-intérêts, même sans constitution de partie civile.

Il faudrait qu'il fût possible de faire peser sur un seul criminel assez de tourmens pour épouvanter les assassins à venir, et faire que leurs attentats fussent presque impossibles et sans exemple. La peine capitale seule n'effraie point assez un scélérat ; il l'affronte comme un soldat brave la mort sur le champ de bataille , tous deux souvent pour un modique salaire.

L'homme ennuyé de la vie, se coupe la gorge, se brûle la cervelle, se jette par la croisée, la veuve du Malabar se précipite dans les flammes, et tous ces êtres sont inno-

cens! Il faut donc que l'assassin et l'empoi-
sonneur soient menacés de tourmens, d'hu-
miliations, de flétrissures plus effroyables que
les maux qui sont le partage des plus honnêtes gens.

Tout un nouveau système de pénalité est
à créer en France. On convient généralement
que les forçats et les mauvais sujets qui peu-
plent les prisons, en sortent plus corrompus
qu'ils ne l'étaient en y entrant. Le corps d'un
brigand, qui n'a pas respecté celui d'un honnête homme, ne mérite pas de ménagemens.
C'est par de longues peines corporelles qu'il
faut lui faire expier son crime et intimider
ses pareils. Un isolement complet, le silence,
l'image de la mort, l'obscurité, une nourriture repoussante et assez rare pour dompter
son audace en affaiblissant son corps, sont
aussi des moyens d'inspirer un juste effroi
aux malfaiteurs, et de combattre leurs criminelles passions ; mais pour des peines graves
telles que je les propose, il faut des crimes
réels et non conventionnels. C'est par exemple selon moi une atrocité que de condamner aux travaux forcés pour le prétendu crime
de bigamie, surtout lorsque la loi tolère ou-
vertement les infidélités qu'un mari peut

commettre hors de la maison commune.

Le système de l'égalité devant la loi, qui éprouve de nombreuses modifications lorsqu'il s'agit d'un ministre du culte ou d'un fonctionnaire de l'Etat, qui est souvent fort au-dessous d'un homme non salarié, doit nécessairement être rectifié. D'abord, si l'on établit en principe que tous les hommes ont des droits égaux, c'est une inconséquence et une absurdité, que de vouloir qu'ils n'aient pas tous des possessions, des propriétés, des peines et des jouissances exactement égales.

Pourquoi deux hommes seraient-ils égaux devant la loi, s'ils sont inégaux devant la raison, devant la société? Il ne peut y avoir d'égalité raisonnable que celle *d'égalité de droits à égalité de titres réels.*

Ce principe fécond en conséquences n'est point nouveau dans la pratique ; sans parler des inégalités de personnes reconnues par nos Codes et de la justice de bien des peuples anciens ou étrangers, notre Code pénal militaire consacre l'inégalité que je demande dans l'ordre civil.

Il faut bien se convaincre que toutes les personnes salariées par l'État, les militaires, les juges, les prêtres, les ministres, ne sont que des préposés au bien-être de la société, qui, si elle était uniquement composée d'hommes comme il faut, c'est-à-dire probes, bienfaisans, justes, désintéressés, pourrait se passer de ces fonctionnaires publics, auxquels cette qualité n'attribue aucune supériorité réelle.

J'approuve en thèse générale des stipulations de la loi en faveur de la classe élevée des agens du gouvernement; mais si le roi veut qu'on le respecte, tant à cause de ses vertus personnelles que de sa haute situation politique, il faut qu'il stipule dans la loi, en faveur de ce qui possède, une respectabilité effective et qui jouît dans la société d'une suprématie avouée par la raison.

Il en est des hommes comme des vases qui ont différens prix, lors même qu'ils seraient faits de la même matière : le travail auquel ils ont été soumis établit entre eux une différence de valeur qui peut varier indéfiniment. L'éducation, les travaux, les qualités innées ou acquises, le talent et les actions méritoires, donnent à un homme une valeur inestimable qui l'élève fort au-dessus des êtres vulgaires qui n'ont que le mérite d'appartenir à l'espèce humaine. Comme la perte d'un grand général serait plus fatale à la patrie que celle d'un régiment entier, l'existence d'un homme qui n'occupe aucune place rétribuée, mais dont les travaux sont éminemment utiles à l'humanité ou l'honorent, mérite que la loi ne prétende pas élever à son niveau le premier goujat qui viendra l'insulter ou attenter sur ses jours.

Il est juste et dans l'intérêt de la civilisation que la législation réprime, par des lois sévères, toute espèce de manque de respect des gens du bas peuple envers leurs supérieurs réels. En France, apparemment, depuis la révolution, c'est toujours la canaille qui insulte les honnêtes gens. Non-seulement les poissardes, mais encore tous les marchands qui fréquentent la Halle, les filles publiques, qui devraient à peine oser se montrer, et tous les individus de cette classe, sont d'une audace et d'une insolence insupportables. Il n'en est heureusement pas de même à Londres, où l'homme comme il faut (the gentleman) jouit d'une certaine considération.

Je conviens que les lois françaises, laissant aux juges une excessive latitude à l'égard de la durée de la peine à infliger, leur jurisprudence pourrait suppléer au silence de la loi en faveur des personnes notables; mais cela n'a point lieu, et *le faux principe de l'égalité révolutionnaire*, n'étant point authentiquement abrogé, et suppléé *par une législation superordinative;* toute personne qui parcourt à pied les rues de Paris est sans cesse exposée aux grossièretés d'un peuple qui passe pour le plus poli du monde !

La manière de distribuer à Londres les eaux qui servent au nettoiement de la voie publique, et qui peut être d'une grande utilité en cas d'incendie, me paraît préférable à celle de Paris. Les distributions d'eau dans les rues de la Chaussée-d'Antin, Saint-Martin, à la porte Saint-Denis, etc., remplissent les rues de boue, les encombrent de tonneaux et gênent la circulation.

Toutes nos bonnes fontaines sont hideuses. On ne remarque pas dans tout Paris une seule fontaine construite de manière à ce qu'un homme altéré y puisse étancher sa soif. Les fontaines situées au milieu des places publiques sont celles qui feraient le plus bel effet; mais on n'en voit guère de telles.

La ville de Paris devrait faire des emprunts successifs de quelques centaines de millions et, formant un nouveau plan général pour

cette capitale , acheter à la fois une grande
partie d'un quartier pour le rebâtir d'une
manière conforme aux exigences du goût,
de l'hygiène et de la facilité des communications : il y a là matière à spéculer.

Ici la loi permet de déposséder un propriétaire malgré lui, pour cause d'utilité publique,
en l'indemnisant ; mais à Londres, le principe d'une liberté absurde a prévalu , et un
seul propriétaire entêté peut déranger le plus
beau plan , comme cela est arrivé lorsqu'on
a formé la rue de Regenstreet.

D'après ce faux principe , je suis étonné
que les soldats anglais n'aient pas la liberté
de marcher hors des rangs et sans uniformes ;
car la contrainte imposée aux militaires est
bien autrement attentatoire à la liberté , que
l'espèce de gêne imposée à un propriétaire,
dont l'obstination gêne ou vexe un million de
citoyens.

Paris, vu d'une certaine distance, a l'air
d'un amas de ruines, ce qu'il faut attribuer
à la couleur noirâtre de la pierre de taille
quand elle a été long-temps exposée à l'air,
et surtout à la teinte sombre des ardoises dont
les toits sont couverts. Les entrepreneurs de
bâtimens ont aussi l'habitude de peindre les

volets et les jalousies en gris, au lieu d'employer la couleur verte, qui est plus agréable aux yeux et qui romprait la triste monotonie qu'offre l'aspect de Paris. L'usage des terrasses, couvertes en partie par un vaste pavillon, et ornées d'orangers et de vases de fleurs, remplacerait les toits avec avantage pour la santé publique, surtout dans les quartiers éloignés des promenades et des boulevards.

Il n'est guère de maisons dans Paris qui soient autre chose que des murs percés de trous pour les portes et fenêtres ; à Londres, on trouve un grand nombre d'habitations qui ont quelques ornemens d'architecture, et, malgré le désavantage qu'ont les Anglais de ne pouvoir employer, sans beaucoup de dépense que de la brique, on a du moins le plaisir de remarquer une certaine variété dans les constructions.

Les architectes français s'attachent aussi exclusivement aux ordres grecs, que s'ils étaient d'invention française. Il en est de cela comme de la littérature. Tous les académiciens membres des jurys de lecture étant des classiques, pendant nombre d'années ils n'ont voulu laisser admettre aucune pièce romantique, c'est-à-dire où la règle des trois unités ne fût pas observée. D'un autre côté, le public voulait être initié aux beautés du genre romantique. Qu'on juge de l'embarras des auteurs placés entre deux exigences opposées !

Paris l'emporte de beaucoup par le nombre et la beauté de ses monumens sur la capitale de l'Angleterre, où l'on ne trouve rien de comparable au Louvre, à la Bourse et à la place Louis XV, qu'on vient cependant de défigurer, en entassant sur le pont douze statues colossales, sur d'énormes piédestaux informes.

Il est inconcevable que M. le préfet du département de la Seine, ait laissé commettre une aussi étrange bévue, signalée simultanément par tous les journaux. Puisse cette faute, qui suppose une ignorance complète des règles de la perspective, avertir le gouvernement de l'incapacité de ses architectes, et l'engager à consulter un peu le goût du public, pour ne pas sanctionner les plans les plus ridicules.

Celui du théâtre de l'Opéra, dans la rue Lepelletier, est bien de ce nombre, tant à l'égard de l'extérieur que de l'intérieur, où

4

plus de quatre cents personnes assises sur les second et troisième bancs des loges de côté ne peuvent pas voir la scène! Tous les théâtres qu'on a construits depuis quelques années ont les mêmes défauts. Le théâtre de l'Opéra-comique, rue Ventadour, est sous tous les rapports également au-dessous de la critique.

M. le comte Chabrol de Volvic est l'inventeur de la peinture sur pierre de lave, et l'on vient de trouver aussi les moyens de peindre sur le fer. Cette double découverte coïncide parfaitement avec mes nouvelles conceptions en matière d'architecture. Dans l'ordre de la gloire, l'ordre des grâces et le polygine (6), mes frises ont 6, 8, 10 fois la hauteur ordinaire, et l'on peut y placer, soit en relief, soit en peinture sur pierre ou sur métal, des tableaux monumentaux d'une grandeur et d'une magnificence dont l'antiquité ni aucun peuple de l'univers ne nous offre l'exemple. Mais notre siècle verra-t-il adopter ces brillantes innovations? Le gouvernement, composé de personnes presque toutes étrangères au culte des beaux-arts, donne sa confiance à des maçons enrichis ou à des académiciens routiniers qui, soit par incapacité et manque de goût, soit par jalousie et entêtement pour le genre classique, repoussent des conceptions superbes, qui suffiraient pour immortaliser le nom d'une nation.

Mes nouveaux ordres d'architecture ont été goûtés à Londres, particulièrement par deux célèbres architectes, M. Nash et M. Soahn; mais comme ces innovations ont plutôt un but d'agrément que d'utilité, il est douteux que les Anglais prennent l'initiative pour les adopter. C'est à Londres que j'ai proposé, il y a huit ans, l'établissement de quais flottans sur la Tamise, puisqu'il n'y a point encore de quais dans cette capitale : les miens seraient de vastes bateaux fixés non loin du rivage, tels à peu près que les bains Vigier, mais plus élevés, et offrant une surface plane, en partie couverte, pour la promenade et la facilité des communications (7).

Le courant de la rivière serait un moteur économique pour toute espèce de manufactures, moulins, imprimeries, fabriques de couleurs, de chocolat, etc., à l'instar du bateau broyeur à Paris. Ces quais flottans, décorés de riches ornemens d'architecture, embellis par des vases de fleurs et des statues, illuminés par le gaz, feraient le plus bel effet et donneraient à une grande ville un aspect merveilleux.

On sait qu'à Londres les maisons n'ont pas de portes cochères. Quoique les Anglais aiment passionnément leurs chevaux, cet attachement ne va pas, comme à Paris, jusqu'à vouloir s'infecter soi et deux ou trois cents voisins par l'odeur et les miasmes dangereux qui s'élèvent des écuries et des fumiers, ni jusqu'à aimer le tapage que font les chevaux pendant la nuit; mais, en Angleterre, que dire de cette petite porte où deux personnes ne sauraient passer de front, et sur le pas de laquelle la servante de la maison vous oblige d'attendre jusqu'à ce qu'elle sache si ses maîtres veulent vous recevoir?... cela est pitoyable.

Les Anglais, qui ont formé tant d'institutions philantropiques, ne sont point philantropes dans leur architecture. Sous ce rapport, leurs maçons doivent être placés encore au-dessous des nôtres. Un homme pourrait bien faire cent lieues dans les rues de Londres sans trouver un banc pour se reposer, ni une porte pour se mettre à l'abri de la pluie ou de la neige. Cette inhospitalité prouve que, malgré leurs momeries, les Anglais sont fort égoïstes. Ils deviendront moins sauvages lorsque, comme à Paris, leurs maisons seront assez vastes pour contenir trente ou quarante familles. Les établissemens matériels ont partout une grande influence sur les mœurs et le caractère des peuples.

Les squars de Londres sont des places dans le milieu desquelles se trouve un jardin entouré d'une haute grille en fer. Ce jardin, toujours fermé au public, est uniquement destiné aux habitans du quartier, qui ont chacun une clé pour jouir de cette promenade ; mais ce prétendu jardin est presque toujours désert. Les orangers, les citronniers, les myrthes, les grenadiers, qui embellissent les Tuileries, sont des ornemens inconnus au peuple de Londres. A Paris, nous avons la vue des orangers des jardins royaux ; il est vrai qu'on nous prive de leur parfum et qu'on a grand soin d'en cueillir les fleurs à mesure qu'elles s'épanouissent.

Les Anglais, chez lesquels les mœurs sont aussi licencieuses qu'à Paris, sont cependant encore soumis à la gothique influence de leurs réformateurs Luther, Calvin et autres prédicateurs, plus austères que chastes. Les

quakers, méthodistes, unitaires et toutes
les religions qui se sont faufilées en Angleterre sous le titre modeste de réforme, s'opposent à ce qu'on voie dans les places publiques des statues non drapées, quoique la sta-
tuaire sans nudités perde tous ses charmes.
C'est peut-être aussi par un principe d'austé-
rité religieuse que les fleurs sont si rares à
Londres : on en trouve à Covent-Garden,
qui représente notre Halle ; mais il n'y a pas,
comme à Paris, des bouquetières établies
dans toutes les rues et dans tous les théâtres.

On ne trouve à Londres ni décrotteurs, ni
commissionnaires au coin des rues, ce qui est
quelquefois embarrassant. Bien d'autres com-
modités manquent aux Anglais : un étranger
par exemple, doit être sur les épines lorsque
chemin faisant « certain devoir pressant l'appelle en certain lieu. » Mais ce qui distingue
particulièrement Paris de Londres, c'est le
nombre et la magnificence de nos cafés, décorés de superbes glaces, et que les femmes
du meilleur ton ne se font aucun scrupule de
fréquenter.

Le chocolat qu'on fait en Angleterre est
mauvais et mal broyé. Si de bons fabricans
de chocolat s'établissaient à Londres, ils en

pourraient avec le temps faire succéder l'u-
sage à celui du thé, qui n'est point aussi pro-
pice à l'esprit et au corps.

Tandis qu'il y a plusieurs années que Londres, Saint - Pétersbourg, Bruxelles, sont
éclairés par le gaz et pourvus de trottoirs, et
que l'administration municipale de Paris se
laisse honteusement devancer par d'autres
villes, qui ne prennent pas le titre emphatique
de capitale des beaux - arts; S. A. R. Mgr. le
duc d'Orléans a fait éclairer par le gaz le jardin
du Palais Royal et la cour de ce palais.

L'architecte, M. le baron Fontaine, a
semblé pressentir une des conditions de ma
nouvelle manière de construire les villes et
les maisons, qui seront incombustibles par
l'emploi du fer au lieu de bois, ainsi que l'ont
annoncé les journaux. Il a fait établir, s'il n'a
inventé, des escaliers tournans de fonte dont
les marches sont unies à un pivot central,
dans l'intérieur duquel la fumée montera de
la cuisine jusqu'au - dessus de la galerie, et
chauffera les magasins comme pourrait le
faire un poële.

Il est fâcheux que la décoration de cette
vaste galerie soit de mauvais goût. Il me
semble aussi que l'architecture du jardin du

Palais - Royal étant composée de pilastres
d'ordre, corinthien , l'ordre dorique , que
M. Fontaine a employé tant du côté du jardin que de celui de la cour, est trop sévère et
forme un contraste désagréable ; enfin l'extérieur du Palais-Royal réclame aussi des
embellissemens et des améliorations , car les
rues qui entourent ce beau monument sont
sales et infectes.

C'est une chose singulière , que ce soit précisément chez la nation la plus sociable , chez
les Français, qu'on ne trouve point de casino,
tandis qu'il y en a dans presque toutes les
villes d'Italie, d'Allemagne et même de la
Suisse! Si l'on élevait à Paris, comme on le
fera peut-être dans la suite, une vingtaine
d'édifices élégans, contenant des salles de
concert et de bal, ces lieux de réunion em-
belliraient extrêmement la capitale, et ce ne
serait guère qu'un casino pour quarante mille
âmes. Chaque casino aurait ses abonnés d'une
convenance mutuelle; il faudrait du moins
commencer par en élever un, malgré l'opposition que les directeurs de théâtres ne
manqueraient pas d'y mettre, comme si le
plaisir de la conversation, de la lecture,
de la danse et de la musique ne devait pas

avoir aussi bien son temps que celui du spectacle.

Malgré un jugement rendu en faveur de
l'Opéra contre les petits théâtres, la perception qu'il s'arroge sur tout objet de curiosité, et même sur les singes danseurs de
corde et sur les animaux empaillés, me paraît
déshonorante pour un établissement royal,
et réellement illégale, comme l'a déjà prouvé
un arrêt du tribunal de Rennes, rendu dans
la même espèce.

Ce droit seigneurial de l'Opéra est de
vingt pour cent de la recette brute d'un concert, et le droit des pauvres de vingt-cinq
pour cent à prendre aussi sur la recette brute.
Quant à la recette nette, après le prélève-
ment de ces droits et de tous les frais, elle
se monte quelquefois à moins que rien, témoin le concert du célèbre violoniste Bou-
cher, exposé à voir saisir ses meubles pour
avoir donné un concert à son bénéfice, c'est-
à-dire à ses dépens.

On paie à Londres, pour louer pendant
une soirée :

La salle de Hanover Square, 50 liv. sterling,
La salle d'Argyll Rooms, 36   id.
La petite salle   id.   20   id.

compris les frais d'éclairage , les banquet-
tes, etc.

Il faut payer en sus une licence, des frais
d'impression, un orchestre, etc. Cette dépense varie suivant le nombre et le talent des
exécutans, et se monte ordinairement de 20
à 30 liv. sterling. Si l'on veut avoir de célèbres cantatrices, telles que mesdames Pasta,
Vestris, Sontag, ces dames demandent chacune 20 à 30 liv. sterling, et chantent parfois le même jour dans plusieurs concerts.

A Paris, nous n'avons pour ainsi dire pas
de salle de concert ; on paie 100 fr. pour
celle de la rue de Cléry ; quant aux salles des
Menus-Plaisirs, qu'on obtient par une faveur
spéciale du directeur des beaux-arts , M. le
vicomte de la Rochefoucauld ou de M. de la
Ferté, quoique données gratuitement, elles
nécessitent des dépenses multipliées, dont je
pourrais offrir ici le détail le plus minutieux.

Pourquoi l'Opéra et l'administration des
hospices exigent-ils un droit beaucoup plus
élevé sur les concerts que sur les représenta-
tions théâtrales ? le nombre des amateurs n'est
déjà que trop circonscrit. En Allemagne , où
l'art musical n'éprouve point de telles entraves, tout le monde cultive la musique ; il

en résulte une somme de bonheur réel pour cette nation , qui est justement fière d'avoir produit les Mozart, les Haydn, les Beethoven et les Weber.

Les Français, qui pendant long-temps n'ont point voulu connaître d'autres ouvrages dramatiques que leurs tragédies et comédies classiques , sont également exclusifs en matière de danse. La valse, qui s'était presque naturalisée chez eux , est maintenant repoussée comme immorale, tandis qu'elle est née chez les Allemands et les Suisses , où les mœurs étaient alors très-pures. On ne danse guère à Paris que la contredanse, qui n'offre aucuns développemens à la taille ni aux grâces. Rien n'est plus monotone , tant sous le rapport de la danse que sous celui de la musique. La valse, la russe , les différentes espèces d'allemandes bernoises , fribourgeoises , les danses anglaises, espagnoles et italiennes rendraient , par la variété des airs et des pas , un bal infiniment plus gai et plus piquant que celui où l'on danse pendant toute une nuit sur la même mesure 2/4 et avec le même mouvement invariable.

Tout le monde sait qu'on ne danse pas aux bals de l'Opéra; on se borne à se promener

dans la salle et dans le foyer, ce qui n'est pas
fort agréable pour les amateurs de la danse.
Les femmes sont en dominos noirs, et mas-
quées ; autre désappointement pour les hommes qui désireraient voir de jolies figures et
des tailles bien faites. On prétend que les
femmes honnêtes n'oseraient pas se montrer
sans masques ; mais, depuis nombres d'années, il n'y a dans ces réunions que des
femmes galantes.

En supposant qu'on ne dût pas renoncer
entièrement à cet usage bizarre et suranné,
le directeur de l'Opéra pourrait au moins
essayer de donner quelques bals où tous les
hommes, ainsi que les femmes, seraient déguisés, et non point en dominos, et où l'on
danserait sans masques. Ceci produirait un
effet très-brillant et pittoresque, tandis que
la vue d'un bal masqué de l'Opéra a quelque
chose d'extrêmement lugubre (8).

Des masques au costume des prêtres la transition est brusque ; mais je ne me pique pas
ici d'écrire méthodiquement. Ce costume,
en Angleterre ni en France, n'a rien de noble ni d'imposant.

Les ornemens dont les prêtres catholiques
sont revêtus quand ils officient sont du plus

mauvais goût, à commencer par la calotte qui les distingue. Un accoutrement si bizarre n'est point propre à inspirer le respect. Les religieuses, vêtues de noir avec une béguine de toile blanche empesée, auraientelles choisi cette étrange coiffure pour ne point attirer les regards profanes ? C'est une précaution superflue : je n'en ai jamais vu de jolies et dont la physionomie portât cette empreinte de douceur et de quiétude céleste qui devraient les caractériser. En Angleterre les couvens de femmes, non plus que les congrégations d'hommes, ne sont point autorisés, et ce serait adopter une des innovations les plus utiles de la révolution, que de les prohiber, du moins pour toute femme qui n'aurait pas atteint sa trentième année. Tous les pays encombrés de couvens sont plongés dans l'abrutissement et la misère.

Observons que les rois, qui sont loin de retirer quelque avantage immédiat et matériel des prêtres et des congréganistes, s'inquiètent fort peu du costume d'un desservant ou d'une nonne ; mais ils savent bien distinguer la classe d'hommes sur laquelle ils font reposer leur gloire et leur puissance ; je parle des militaires, qu'ils ont soin de revêtir d'une

manière brillante. On emploie les couleurs les
plus éclatantes, le bleu, le rouge, le blanc ; des
casques resplendissans ou des bonnets d'une
hauteur énorme. Tout cet attirail est un véritable charlatanisme, dont l'objet est moins
d'effrayer l'ennemi que de séduire les yeux
de la jeunesse et de lui faire oublier des dangers qui n'existent que parce qu'il y a des
princes ambitieux, injustes et cruels.

Les hommes, jadis sauvages, ont presque
partout su se civiliser, et créer des tribunaux
pour punir les brigands. Les rois entre eux
n'ont pas su en faire autant ; faudrait-il en
conclure que les rois sont au-dessous des sauvages ? Non ; mais la basse adulation des
courtisans perpétue l'incivilisation des rois
de notre époque, qui seraient moins exposés
à se voir détrôner ou dépouiller par des
aventuriers ou des républicains, si ces princes
formaient entre eux une SOCIÉTÉ DES GOU-
VERNEMENS LÉGITIMES.

Un prince qui voudrait tout voir par ses
propres yeux, pourrait préparer le bonheur
de ses concitoyens. On doit honorer les bonnes intentions et la généreuse activité de
S. M. Charles X, qui, à l'âge de 70 ans, et
malgré des routes détestables, comme le sont

toutes celles de la France, et particulièrement celle de Strasbourg, n'a pas craint de
se rendre dans les départemens du Nord, et
d'y encourager l'industrie; c'est un noble et
précieux exemple offert à ses successeurs! Il
paraît que Sa Majesté, satisfaite de l'accueil
plein d'amour qu'elle a reçu des populations
accourues sur ses traces, se propose encore
de faire d'autres voyages de ce genre. Dans
mon enfance, je pouvais à peine croire qu'un
empereur de la Chine portât lui-même les
mains à la charrue; mais c'est un spectacle
plus touchant et plus admirable, qu'un roi de
France descendant de son trône pour distribuer lui-même des récompenses aux hommes
qui se sont le plus distingués dans les arts.
Enfin les rois commencent à comprendre
quelle est leur auguste mission!

Les prisons de Paris sont infectes, hu-
mides, et l'on y entasse barbarement les
prévenus avec les condamnés.

La jurisprudence *vraiment répréhensible* du
tribunal de commerce, pour un très-petit
nombre de négocians détenus à Sainte-Péla-
gie, y renferme quelques centaines de débiteurs étrangers au commerce, et que la loi
civile ne soumet point à la contrainte par

corps..... Les étrangers, fussent-ils depuis vingt ans à Paris, sont exposés à être incarcérés pour dette, sans aucune sommation préalable, et à gémir en prison jusqu'à la mort !.... Mais je ne m'appesantirai pas sur ce triste tableau, puisqu'il est question de présenter à la chambre des députés un projet de loi qui offre des améliorations capitales sur cette matière (9).

Les hôpitaux n'offrent point assez d'espace à chaque malade, et l'on n'a pas eu soin d'y établir une petite chambre pour chacun d'eux, comme cela serait souvent nécessaire. Il faudrait qu'il y eût à leur portée un jardin bien aéré et une galerie couverte, où tous les malades capables de se lever, iraient se promener autant que leurs forces le permettraient. C'est dans les hospices que de jeunes étudians en médecine et en chirurgie font leur apprentissage aux dépens de la vie des pauvres malades, qui, cependant, ont eu besoin de tous leurs protecteurs, pour se faire admettre à l'honneur de contribuer comme victimes aux progrès de la science !

On conçoit bien que les gens qu'on met à l'hôpital sont de pauvres ouvriers, artisans, portiers et autres futurs élus, dont toute la vie n'a été qu'un long jeûne, et qui dépérissent plutôt par inanition que par toute autre cause ; eh bien ! M. Broussais, qui est un homme d'un tempérament sanguin, faisant, ainsi que ses riches cliens, trois bons repas par jour, avec une exactitude religieuse, s'est mis, un beau jour, dans la tête que toutes nos maladies proviennent d'une surabondance de sang. Grâce à cette belle découverte et à l'usage des sangsues, qu'on ne prescrit plus que par douzaines, il est une foule de jolies femmes dont le corps est défiguré par la piqûre de ces vilains animaux ; mais revenons aux infortunés malades des hôpitaux, parmi lesquels se trouvent nombre de sexagénaires et de septuagénaires, qui n'ont plus que quelque gouttes de sang dans les veines et que le remède à la mode assassine promptement.

Ces pauvres gens, qui auraient besoin d'une nourriture restaurante, d'un bon air et d'un peu d'exercice, restent attachés dans leur lit par l'affaiblissement de leur corps, on les met à un régime si absurdement sévère, que la plupart meurent plutôt par l'effet de leur traitement que de leur maladie.

Heureux ceux qui ont une femme, des parens ou des amis qui leur apportent quelque

nourriture les jours où il est permis d'entrer,
car cela n'a lieu que trois fois par semaine,
ce qui est un abus manifeste.

Les parens qui vont visiter un malade à
l'hospice lui remettent, quand ils le peuvent,
quelque argent, c'est-à-dire quelques sous,
pour acheter un peu de vin, que les infirmières
ont l'indignité de vendre à un prix exorbitant
en recommandant bien le secret, qui est celui de la comédie. Ainsi, des espèces de reli-
ligieuses, plus coupables que les usuriers,
spéculent sur la misère des mourans et leur
extorquent leurs derniers moyens d'existence:
et j'ai lieu de croire qu'un gaspillage abomi-
nable enrichit dans les hôpitaux bien d'autres
gens que les sœurs contrebandières. On sait
qu'en Angleterre ceux qui sont chargés de
l'emploi de la taxe des pauvres font souvent
fortune par des dilapidations toujours impu-
nies, mais qui devraient attirer la vengeance
divine et humaine.

Les mendians, qui de temps immémorial
encombraient les rues et promenades de
Paris, en ont presque tous été retirés par une
mesure énergique de M. de Belleyme, na-
guère préfet de police; mais la législation actuelle, dont lui-même sollicite l'abolition,

est si atroce, que les infortunés qui viennent d'être réduits à la misère, soit par le manque d'ouvrage, soit par un incendie, soit par un accident, auquel chacun est exposé dans les rues de Paris; dès l'instant qu'ils osent demander un léger acte de charité, sont d'abord arrêtés, puis déshonorés par un jugement du tribunal correctionnel, puis remis en prison, et n'en sortent que pour être envoyés par la gendarmerie dans un dépôt de mendicité, c'est-à-dire dans une autre prison où ils doivent finir leur vie!

Félicitons le plus grand des poètes, Homère, de n'être pas né de nos jours, il eût été flétri par un jugement, et son génie ignoré se serait éteint par la honte et la douleur d'une triste captivité.

Sans doute, en accordant au gouvernement la qualité presque divine que je voudrais lui attribuer d'assureur et de garant responsable des existences humaines; il serait dans l'obligation d'offrir des asiles et des ateliers et moyens de travail à toute personne dans l'infortune; mais ces établissemens peuvent se concilier avec la liberté individuelle, et la législation sur cette matière est si simple qu'on pourrait l'improviser.

Lorsqu'il s'agit de la vie des hommes, chaque médecin qui veut se faire un nom est libre d'adopter ou de forger le système le plus meurtrier et le plus désastreux; mais quand il est question de choses moins importantes nos savans sont plus timides.

Je demandai, par curiosité, il y a plusieurs années, à l'un d'eux à quoi il attribuait l'attraction; il me répondit qu'on n'en savait rien, et semblait regarder cette question comme tout à fait oiseuse! Ce n'est point mon opinion, et j'ai fait insérer, il y a long-temps dans le journal des Savans un article dans lequel j'avance que l'attraction est l'effet d'un fluide; d'où il résulterait que l'attraction n'étant point inhérente à la matière, la terre et les astres pourront, comme un aimant, perdre leur vertu magnétique ou attractive.

Dans cette persuasion, j'ai interposé, entre un aimant et un morceau de fer, distans de deux pouces l'un de l'autre, un morceau de carton d'une ligne d'épaisseur, et aussitôt ce corps étranger a presque entièrement interrompu l'attraction.

Cette expérience bien simple m'a confirmé, ce que j'ai toujours regardé comme incontestable, que la terre (ainsi que tous les astres) est un globe imbu de fluide magnétique, et que si, au-dessous de l'un des deux bassins d'une balance, portant des poids égaux, on pouvait interrompre le passage du fluide pondérant, ce bassin s'éleverait aussitôt. L'expérience ne serait peut-être pas très-difficile à faire ; un mouvement très-rapide d'une roue pleine, placée horizontalement sous le bassin d'une balance tenue en équilibre, suffirait sans doute pour diminuer momentanément l'action du poids dont il serait chargé (10).

Je priai aussi, à une époque assez éloignée, M. de Candolle, le naturaliste, de me dire s'il croyait que les plantes éprouvassent des sensations : il me répondit qu'il ne les avait jamais considérées sous ce rapport. Depuis lors je fis une question semblable à M. de Jussieu, en lui disant que j'étais certain que le moment de la floraison représente dans les plantes celui du coït chez les animaux. M. de Jussieu n'avait hasardé aucun système à cet égard ; cependant il me dit, « qu'en effet les fleurs de châtaigner ont l'odeur du *humani spermatis*. » Je n'avais jamais fait attention au singulier parfum qu'il attribue à cet arbre.

Il y a beaucoup de végétaux chez lesquels

le froid suspend le sentiment, comme cela
arrive chez nombre d'animaux. Bien des plantes ont sur ceux-ci l'avantage que leur vie
est continue, c'est-à-dire qu'elle n'est point
interrompue par le sommeil. Quoi! dira-t-on,
celui qui coupe un chou le fait souffrir comme
un homme auquel on couperait la tête ?
Non, cette douleur doit être très-faible ;
mais la plante qui se fane sous un soleil
trop ardent éprouve une sensation d'accable-
ment et d'inanition, et si vous la détruisez
sur pied par la flamme, surtout dans son état
de floraison, vous lui causerez de véritables
souffrances.

Se peut-il, ajoutera-t-on, que les végétaux
soient exposés à de telles infortunes, tandis
qu'attachés à la terre, immobiles, ils ne peuvent ni combattre ni fuir leurs ennemis?
D'abord plusieurs espèces sont, ou d'une
stature colossale qui les met à l'abri de la vo-
racité des animaux, ou bien armées de dé-
fenses que nous nommons épines. Il en est
beaucoup qui, ainsi que les animaux domestiques, doivent la conservation et la multiplication de leur espèce à l'utilité qu'en retire
l'homme, par l'effet d'une harmonie prééta-
blie par le Créateur; mais, du moins, les

plantes ne vont point, comme les poissons, nager au-devant de l'hameçon ou des filets qui préparent leur mort; les plantes n'ont ni conscription ni de loi de recrutement qui les oblige à se battre les unes contre les autres; le soldat immobile dans les rangs ne reçoit-il pas la mort pendant un combat aussi infailliblement que si ses pieds étaient fixés dans la terre?

Le monde est une immense manufacture où Dieu fabrique des êtres sentans et pensans dans le plus grand nombre possible, pour remplir d'êtres heureux et dignes du bonheur l'infini, en tout sens comme en durée. C'est une opinion que j'avais déjà conçue avant d'avoir lu la palingénésie de Bonnet; mais s'il faut aux chrétiens une autorité supérieure à celle de ce philosophe, qu'ils pèsent bien ces paroles de Jésus-Christ, lorsqu'il recommande à ses disciples de ne pas s'inquiéter du lendemain. « Voyez les lys, dit-il, ils ne travaillent ni ne filent, et cependant Salomon, dans toute sa gloire, n'a jamais été *vêtu* comme l'un d'eux ! » Jésus-Christ regardait donc la décoration d'une plante comme le vêtement d'un être animé. Il dit encore, en parlant *du vin* à ses Apôtres : « Jusqu'à ce moment où je le boirai *nouveau* avec vous dans le royaume de mon père. » D'où il faut conclure que le fruit de la vigne sera lui-même immortalisé et converti en un vin spirituel.

La plante n'a aucun organe pour nous voir ; elle éprouve des sensations qu'elle ne peut éviter, et dont elle ignore la cause. Eh bien! nous sommes précisément dans le même cas à l'égard des êtres, je ne dirai pas immatériels, mais imperceptibles par nos sens (11), et dont les hommes seuls (qui sont parmi les animaux terrestres ce que les zoophytes sont dans le règne végétal) ont deviné et perçu l'existence.

Voilà, selon moi, des réalités qui ouvrent un vaste champ à la poésie, et ce sera une occupation bien agréable pour les naturalistes que d'étudier *l'instinct des plantes* et la spontanéité de quelques-uns de leurs mouvemens ou directions, auxquelles il suffira, à cet effet, d'opposer des entraves de tout genre.

Les astronomes, appliqués à mesurer le volume, la distance et la révolution des astres, semblent n'attacher aucune importance à décider si ce sont des masses de matière inerte, ou si, comme je le crois, ce sont des êtres doués de quelques facultés animales, et d'organes particuliers.

Il serait, cependant, fort curieux de savoir, si lorsque nous éprouvons un tremblement de terre, ce n'est point un frisson qui agite son épiderme, et si l'éruption d'un volcan n'est pas pour elle un épanchement d'amour?

Les esprits conséquens supposent par analogie que les planètes sont habitées. Une chose qui prouve que leurs habitans ont des rapports avec les animaux terrestres, et, par exemple, qu'ils possèdent l'organe de la vue, c'est que les planètes éloignées du soleil, telles que Jupiter et Saturne, ont un certain nombre de satellites, dont la destination manifeste est d'éclairer leurs habitans, tandis que Mercure et Vénus, très-rapprochés du globe solaire, peuvent se passer d'astres réflecteurs.

C'est également pour le bien-être et la conservation des animaux et des végétaux que la Divinité a donné aux planètes de Mars, Jupiter et Saturne un mouvemement très-rapide sur elles-mêmes, afin de rendre les nuits tellement courtes, que leur influence glaciale fût tempérée par l'action du soleil.

Il est vraisemblable que dans toutes les
planètes il existe une chaîne graduelle de végétaux et d'animaux, qui a quelque analogie
avec la chaîne des êtres terrestres, et que
c'est par des souffrances, des besoins et des
plaisirs, que les animaux les plus intelligens
sont appelés à une perfection successive, qui,
de l'espèce la plus distinguée, se répand de
différentes manières dans celles qui le sont
moins; c'est ainsi que nous avons des chiens
savans, et des singes danseurs de corde.

Dans toutes les planètes on naît, on souffre
et on meurt, comme sur la terre, ce qui serait une nouvelle preuve de l'inadmissibilité
d'un système, qui suppose que tous les hommes et toutes les bêtes ont péché en Adam,
et que sans ce péché il n'y aurait ni souffrance
ni mort sur la terre.

Le soleil est un centre de vie, où vraisemblablement les animaux, semblables aux
éphémères, ont une existence qui n'est jamais
interrompue par le sommeil. Cet astre, étant
un million de fois plus grand que la terre, a
sur sa surface des animaux d'une grandeur
proportionnée, et dont la vie dure dans quelques espèces jusqu'à dix mille ans. Plusieurs
de ces espèces doivent avoir une attitude

verticale telle que celle de l'homme, et se
tenir peut-être habituellement à une certaine
élévation dans l'atmosphère; comme il n'y a
point là de transition du chaud au froid, du
sec à l'humide, cette température uniforme
doit rendre les maladies fort rares.

Jusqu'à quel point la civilisation, la connaissance de la nature et de Dieu, seront-
elles descendues des espèces supérieures dans
les inférieures? Quels animaux plus bizarres
que les bêtes de l'Apocalypse habitent ces astres? Quels monstres naissent peut-être de
l'alliance de différentes espèces? et l'homme
n'aura pas même été appelé à les admirer!
car lorsqu'il ressuscitera, ainsi que le dit saint
Jean, il ne restera pas même la place où ces
mondes existaient; l'espace, lui-même, aura
disparu !

Saint Jean dit encore en parlant de la Jé-
rusalem céleste: Là, il n'y aura plus de soleil; Dieu, lui-même, en sera la lumière, ce
qu'il faut prendre à la lettre. Notre lumière
est en effet bien imparfaite; elle ne nous
montre qu'une moitié de l'extérieur des objets, et ne nous permet pas de les voir lorsqu'ils sont extrêmement petits ou éloignés.

Que les poètes vantent les beautés de la

nature et l'éclat du firmament; tout cela n'est que du provisoire, et peut être comparé à un échafaudage, qui disparaîtra dès que le monument sera achevé. Je suis disposé à croire que dans le soleil et dans la plupart des astres, il existe des espèces favorisées d'animaux, qui ont une notion assez distincte de leur vie future et éternelle.

L'étude approfondie et philosophique de la nature doit nous élever vers la Divinité, en nous montrant partout une préorganisation et une action intelligentes. Bernadin de Saint-Pierre nous a parlé des harmonies de la nature, dont plusieurs nous révèlent une prédestination temporelle incontestable; je crois être l'inventeur d'un système, dont le but serait l'anéantissement de l'athéisme... Je parle *de la contre-harmonie universelle.* J'entends par là un ordre préétabli par la Divinité pour la destruction de l'état actuel de chaque individu pourvu d'organes matériels, en ne laissant à chacun qu'exactement le temps et l'espace indispensables pour son développement et perfectionnement temporels, et pour celui des êtres sur lesquels il doit exercer quelque influence; ordre d'où résulte la procréation du plus grand nombre possible d'êtres appelés à un bonheur sans terme.

Quant aux comètes, qui paraissent imprégnées d'un fluide magnétique différent de celui des planètes, cette queue lumineuse, qui se trouve toujours du côté opposé au soleil semble faite pour éclairer leurs habitans. A la vérité il y a nombre de comètes sans queue ; celles-ci pourraient au moins avoir des végétaux et des animaux doués de la faculté de voir dans l'obscurité (12).

En parlant des savans français disposés à n'embrasser aucun système hypothétique, je trouve qu'ils ont tort de repousser le mesmérisme ; non point comme devant être d'un grand secours pour la médecine ; mais comme un phénomène opposé au matérialisme.

La prévision de l'avenir, la vision des choses cachées à nos yeux, appartiennent incontestablement à Dieu ; or, nous-mêmes, *nous sommes des dieux*, c'est-à-dire des êtres d'une nature supérieure ; c'est ce que Jésus-Christ affirmait lui-même à ses disciples, en s'appuyant sur l'autorité des saintes Écritures, « dont aucune parole, disait-il, ne peut être démentie. »

Conformément à l'opinion des anciens, et comme nombre d'expériences le constatent,

notre âme peut avoir dans les songes la prévision distincte de choses cachées ou d'évé-
nemens non encore arrivés.

Les songes sont fréquemment une sensation réelle, une vision actuelle, ou une image
métaphorique de notre situation. Les pollu-
tions nocturnes et d'autres sensations causées
par des besoins ou des douleurs physiques,
sont une preuve de cette assertion. Ainsi que
je l'ai fait observer quelque part, les songes
sont un des moyens dont la Divinité a voulu se
servir pour nous montrer combien toutes ces
sensations, ces craintes, ces espérances qui agi-
tent notre vie on t peu de durée et de réalité.

———

Mon intention n'est point de faire ici la
critique méthodique et raisonnée de la constitution actuelle de la France, constitution
que de nouvelles lois modifient, au reste,
chaque année; ce serait un cadre assez vaste
pour exiger un ouvrage spécial; il me suffira
de faire quelques remarques sur un petit nombre d'articles de la Charte.

Je conçois qu'en Angleterre, où presque
toutes les familles riches passent la moitié de

l'année à la campagne, cette aristocratie no-
biliaire et pécuniaire, n'ait pas voulu faire le
sacrifice de son goût pour la chasse, pour ses
chiens et pour ses chevaux, en faveur d'une
représentation nationale non' interrompue.
D'ailleurs, le séjour de Londres est dispen-
dieux, et l'on économise à la campagne de
quoi avoir loge à l'Opéra. En France l'intérêt personnel des députés, qui les rappelle
dans leurs départemens, et peut-être la crainte
qu'a pu avoir le roi législateur, qu'une représentation permanente, ne portât atteinte aux
droits et même à l'existence de la royauté,
ont également limité à six mois environ la
durée de chaque session. Néanmoins, cette
représentation intermittente est excessivement imparfaite, et ne laisse à ses membres
que le rôle de correcteurs de quelques lois
tracées à la hâte. La politesse française de-
manderait du moins qu'en attribuant au peuple le droit de voter le budget, on publiât
annuellement le détail de l'emploi des fonds
du service précédent avec la copie des pièces
justificatives, puisqu'il est maintenant notoire
que la cour des comptes n'offre qu'une garantie incomplète.

J'ai publié, il y a quelques années, une brochure intitulée *Trisection de la chambre des députés*, imprimée chez Moreau, dont je n'ai pu retrouver aucun exemplaire. Elle renfermait un projet de représentation plus régulier et plus complet que celui que nous possédons ; je demandais alors que le nombre des députés fût porté à 500, et il l'a été, en effet, depuis lors.

Je distinguais d'abord :

1° Les simples députés, chargés de représenter les intérêts et d'exposer les griefs de leurs départemens respectifs, sans cependant leur interdire les motions d'un intérêt général. C'est après l'exercice de ces fonctions qu'ils auraient été susceptibles d'être nommés à celles de représentans de la nation.

2° Les représentans de la nation en permanence (13), leurs fonctions seraient de recevoir toutes les pétitions, d'y faire faire le droit qu'elles méritent, d'y répondre et de procéder à toutes les enquêtes nécessaires à l'intérêt des réclamans. Cette section de la chambre serait spécialement chargée de la surveillance générale de l'administration du royaume.

3° Le corps législatif, dont on ne pourrait être membre qu'après avoir fait une espèce d'apprentissage, en résidant pendant un certain nombre d'années dans les deux chambres précédemment désignées. Les législateurs seraient inamovibles et chargés plus spécialement que les autres membres des chambres de recevoir et de discuter les projets de lois, que les ministres ne pourraient leur présenter qu'après les avoir fait mûrement discuter dans le conseil d'état, lorsque lui même ne les aurait pas rédigées. Ce même corps-législatif aurait aussi la mission d'adresser au Roi des projets de loi, plus ou moins développés, sans nuire à l'initiative royale.

Presque toutes nos lois se ressentent de la légèreté avec laquelle le projet en a été rédigé ; on dirait qu'il existe, en fait de législation, des entrepreneurs comme en matière d'architecture, où le gouvernement sanctionne avec précipitation les projets les plus imparfaits.

Des indemnités annuelles de 4, 6 et 8 mille francs seraient offertes aux membres des trois sections des chambres que je propose, sauf à n'en pas donner aux représentans qui n'auraient pas besoin de cette rétribution. Elle n'aurait rien d'offensant, puisque les pairs de France en reçoivent de pareilles, sans manifester trop de répugnance.

Dans tous les cas, je demanderais qu'une des premières séances des trois chambres réunies fût consacrée à faire connaître, par *un tableau dispositif officiel,* les principales matières qui seraient traitées pendant la durée de la session (de près d'une année), et que les dernières séances continssent le compte rendu des travaux des chambres représentatives.

Je voudrais que certaines conditions nouvelles fussent requises pour représenter la nation, et qu'il y eût des qualités morales sans lesquelles on ne pût être ni conseiller d'état, ni appelé à représenter le peuple.

La première serait d'avoir une connaissance générale de la législation des peuples anciens et modernes, et, qu'à l'exemple des grands législateurs de l'antiquité, un certain nombre d'années passées dans des pays étrangers, et consacrées à l'étude de leurs lois et usages, fussent pour les députés un premier apprentissage préalable. Les observations faites dans l'étranger, et chez tous les peuples, par quelques mille Français instruits, et futurs candidats à la représentation nationale, répandraient de grandes lumières dans l'état, appelé à en recueillir le fruit, et dissiperaient cette ridicule vanité nationale qui s'oppose aux plus beaux perfectionnemens.

Un nombre limité d'étrangers, et de préférence des Anglais, seraient invités à voter dans les conseils de la nation française, pour donner à notre législation ce caractère d'universalité, qui est celui de la raison, et qui doit un jour rapprocher toutes les constitutions, avant l'époque fortunée où il n'y aura plus qu'un seul troupeau et qu'un seul pasteur.

• Loin de vouloir que la France ne fût représentée que par des gens riches qui, ne sortant qu'en voiture, s'inquiètent fort peu si les piétons sont dans la boue ou sous les pieds de leurs chevaux, et dont l'opulence, fondée sur des propriétés territoriales, applaudit à toutes les mesures qui, élevant le prix des denrées, réduisent le peuple des villes à la misère; je désirerais, sauf à leur accorder une indemnité pour l'emploi de leur temps, que des hommes, plus connus par leurs vertus et leurs talens que par les sommes qu'ils sont obligés de payer comme contribuables, fussent appelés à plaider à la tribune la cause des familles pauvres, c'est à dire de plusieurs millions de Français. Dans ce nombre il n'en est que trop qui, dépouillés par le brigandage révolutionnaire et par les banqueroutes de la grande nation, ont perdu sans retour leurs richesses, leur honorable patrimoine, leur bonheur, et jusqu'à la faculté d'exercer les droits politiques dont leurs spoliateurs s'enorgueillissent.

D'après les lois actuelles on ne peut poursuivre aucun fonctionnaire public, sans une autorisation du conseil d'état, qui entraîne mille difficultés et retards : il paraît même que cette catégorie d'agens inviolables descend jusqu'aux gendarmes! Ici le gouvernement ne ressemble pas mal à certains maîtres d'auberge, qui donnent toujours raison à leurs domestiques, contre les étrangers qui font vivre le maître et les domestiques.

Le Code pénal français est à mes yeux un modèle d'imperfection, et cela sous tous les rapports; mais surtout quant à la pénalité, qui n'est point assez grave à certains égards, et qui l'est absurdement trop pour nombre de délits. C'est de toute manière une pièce curieuse, qu'un ouvrage qui devrait inspirer une terreur salutaire, et à la tête duquel on lit. « Code pénal, édition stéréotype, faite au moyen de *matrices mobiles* en cuivre, d'après le procédé d'Herhan. » Suit un avis d'une page sur la stéréotypie. L'imprimeur, assez impudique pour vouloir nous occuper d'abord des intérêts de son commerce, lorsqu'il s'agit des intérêts les plus graves de l'humanité, n'est-il pas plus digne de blâme que cette veuve qui, malgré sa prétendue inconsolabilité, avait fait inscrire sur la tombe de son mari le nom de la rue et le numéro de la boutique où elle continuait son commerce?

Le Code pénal actuel ne demande pas une révision, ni une réformation, ni une refonte, tout cela serait trop peu ; il faut qu'il soit anéanti pour faire place à un Code nouveau, que la nation soit obligée de faire connaître à tout individu habitant la France, dès le moment où l'intelligence de cet individu le rend capable de recevoir cette instruction.

La législation criminelle de l'Angleterre aussi est pleine de bizarreries et d'imperfections, presque toujours favorables aux coupables ; et, ce qu'il y a de singulier, c'est que la plupart des Anglais connaissent ces vices de la législation, sans qu'on y remédie.

Persuadé que l'âme innocente n'est pas indigne de s'unir à la divinité, et que les attributions bien précaires de l'homme sur la terre sont celles d'un Dieu, je crois qu'un tribunal humain doit être investi du pouvoir de récompenser et de punir presque autant que le ferait Dieu lui-même s'il habitait parmi les hommes, et si ses facultés et son pouvoir étaient aussi bornés que les leurs.

On a mis dernièrement en question le droit de la société d'infliger la peine de mort : autant voudrait mettre en question s'il existe de droit et de fait une *société*, et si cette société a le droit d'agir d'une manière quelconque sur un de ses membres ; car la seule mise en prévention, le moindre emprisonnement, même pour dettes, peut être la cause du trépas de la personne incarcérée, comme on en a de nombreux exemples. La société peut-elle se conserver sans désigner un certain nombre d'hommes pour maintenir l'ordre public ? a-t-elle le droit de lever des soldats, dont la vie est éminemment exposée dans tous les cas de guerre étrangère ou civile ? Il est incontestable que si elle a le droit d'envoyer au combat, et par conséquent à la mort, une foule d'hommes innocens, d'hommes honorables, à plus forte raison a-t-elle celui d'y condamner les criminels qui ont attenté sur elle, et sur lesquels elle a à peu près les mêmes droits qu'un père a sur une bête féroce qui aurait dévoré un de ses enfans.

La société des honnêtes gens a , selon moi, sur chaque individu , des droits plus illimités que ceux que cet individu s'est arrogés sur elle ou sur un de ses membres, et les droits de cette société sont aussi étendus que peut l'exiger l'intérêt de sa conservation et de son bien-être : *Salus populi suprema lex.*

Nos prétendus philantropes, improbateurs de la peine de mort, demanderaient-ils, au nom de la religion chrétienne , la presque impunité des scélérats , déjà trop rarement et trop faiblement atteints par notre législation? On dirait que ces Messieurs n'ont pas approfondi le caractère redoutable de cette religion et n'en connaissent que des paroles mielleuses débitées par les ministres protestans, qui, plus heureux que ce bon M. Touquet, vantent la morale évangélique , sans oser aborder le chapitre des dogmes.

Rien de plus terrible, en effet, ne pourrait être inventé par l'esprit humain et par la Divinité elle-même, que les tourmens infinis, en intensité comme en durée, qu'elle a préparés pour la presque totalité de l'espèce humaine, déjà si malheureuse sur la terre! La

gourmandise, l'orgueil, la sensualité, l'ava-
rice, que tous les législateurs ont jugées
peu dignes de répression, entraîneront des
milliards d'hommes dans les flammes éter-
nelles! Est-ce dans cette redoutable légis-
tion qu'on peut chercher un modèle d'indulgence ?

Notre siècle, malgré tout ce qu'il offre
d'admirable, contient cependant de nombreux élémens d'anarchie ; on insulte aux im-
mortels fondateurs de notre gloire littéraire,
on méprise les cheveux blancs, et l'on veut
qu'un front devenu chauve par l'effet de longs
et d'honorables travaux s'incline respectueu-
sement devant uue foule imberbe, dont la
vanité étouffe les talens encore imparfaits.
On porte toute sa sensibilité sur le criminel
et l'on oublie ses victimes !

La mort, à laquelle heureusement nous
avons tous droit, et qui seule nous délivre
d'une chétive existence ; la mort atteint ordinairement le criminel avant l'heure que la
nature semblait indiquer; quelquefois elle re-
tarde ce moment, par exemple, lorsqu'on
arrête un assassin qui allait se détruire ; mais
si l'on établissait une statistique de la manière
dont le trépas nous atteint, soit par une des

trois mille maladies qui déciment l'espèce humaine, soit par le fer des combats, soit par des peines morales et le désespoir ; on verrait avec étonnement que les coupables livrés au glaive de la justice sont précisement les hommes dont la mort entraîne le moins de douleur physique ! Aussi a-t-on vu des criminels danser et chanter jusque sur l'échafaud et braver tout l'appareil de la justice humaine actuelle.

Sur peut-être trente ou quarante assassins et empoisonneurs qui chaque année répandent à Paris le deuil et les alarmes, la justice en en découvre et en livre au glaive du bourreau seulement dix et souvent moins. D'un autre côté, l'on compte annuellement à Paris quatre cent et jusqu'à cinq cents personnes qui se suicident, en se donnant volontairement une mort bien plus lente et plus douleureuse que celle qu'on reçoit sous le couteau de la guillotine. Il est donc manifeste que s'il existait un tel instrument au service du public, et auquel ne fût attaché aucun déshonneur ; pour chaque criminel qui reçoit la mort, il y aurait plus de quarante ou cinquante personnes, pour ainsi dire, à la queue et sollicitant la même faveur ! car la difficulté de se donner une mort prompte retient dans les entraves de la vie des millions d'infortunés.

Au lieu de s'apitoyer sur le châtiment des scélérats et de chercher jusque dans les bagnes et sur l'échafaud des sectaires et des applaudissemens ; les vrais philantropes doivent songer aux devoirs du corps social pour sa propre conservation et au sacrifice qu'elle demande de ses membres gangrenés. Si parmi les criminels il peut s'en trouver de dignes de pitié , quelle foule d'êtres innocens , d'hommes dignes d'estime et non moins malheureux que les criminels, doit appeler un intérêt plus moral et plus pressant !

Je suis loin de vouloir chicaner sur les mots ; mais il me semble que le nom de prison pénitentiaire est inadmissible , car il n'existe aucune pénitence à l'égard des hommes , et personne n'a le droit de nous en prescrire à l'égard de Dieu , surtout dans les pays protestans , d'où nous vient ce mot. Sans doute le système pénitentiaire peut offrir des avantages à l'égard de quelques catégories de délits sans importance ; mais il serait absurde de considérer le travail imposé aux prisonniers pour des délits ou crimes plus graves, comme une peine suffisante , sans quoi les bureaux de nos premiers banquiers pourraient aussi porter le nom de maisons pénitentiaires.

La justice humaine doit être souveraine sur la terre comme celle de Dieu l'est dans le ciel ; car si elle n'a pas, comme la Divinité, le don de lire distinctement au fond des cœurs, ses moyens de punir sont également très-limités, et elle n'a pas toujours le pouvoir de rendre l'assassin aussi malheureux que ses victimes. Les châtimens doivent être gradués suivant la perversité du coupable. Il convient que la société témoigne son respect pour l'homme, en établissant une ligne de démarcation très-large entre les peines réservées aux attentats commis sur les biens et ceux qui ont frappé les personnes. Ainsi les assassins, les empoisonneurs, certains incendiaires, etc., seraient, selon moi, seuls passibles de la peine de mort ; mais, dans tous les cas, où il y aurait eu des actes de barbarie commis sur les victimes, et où plusieurs personnes auraient été blessées par un brigand, il subirait, pendant un nombre de jours proportionné à ses crimes, différentes exécutions douleureuses, et assez terribles pour épouvanter et retenir les scélérats à venir. On dira que, par l'effet d'une erreur des juges, un

innocent pourrait être exposé à subir, ces affreux supplices; la perfection de la législation
doit rendre cet accident impossible, et d'ailleurs songeons combien de millions d'hommes innocens la guerre, les maladies et les
bévues des médecins et des chirurgiens en-
traînent chaque année dans la tombe, sans
qu'on ait trouvé moyen d'éviter les combats,
de n'être jamais malade et de se passer de
de médecins et de chirurgiens.

Je serais fâché que les personnes qui ne
connaissent pas mon caractère, me regardas-
sent comme un homme avide de sang, et de
supplices : je n'ai jamais vu et ne verrai jamais exécuter un criminel ; j'ai également
toujours évité d'assister à des opérations chirurgicales, et je me passerais toute ma vie
de gibier plutôt que de tuer le moindre petit
oiseau ; mais l'inviolabilité de l'homme innocent est à mes yeux le dogme moral et politique le plus important des états civilisés, et
et l'on ne doit pas me blâmer de haïr le crime,
tandis que personne n'accuse Dieu d'inhuma-
nité, lorsqu'il prépare, pour les méchans, des
supplices sans mesure et sans terme.

Il faut convenir cependant que la partie
influente de la société est coupable par inertie

et par apathie, en ce que les gouvernements et les gens riches ne font point les efforts nécessaires pour l'instruction et la civilisation (14) de toutes les classes du peuple ; aussi portent-ils souvent la peine de leur incurie et de leur égoïsme.

Comme nombre de criminels échappent à la vindicte publique, le déficit de vengeance ou de satisfaction qu'éprouve la société sur la quotité des coupables doit être compensé par la duplication ou multiplication raisonnée des peines. La société des honnêtes gens ne doit pas perdre ; elle serait dupe de le faire. Ainsi, je suppose que chez un peuple l'organisation sociale fût si régulière qu'aucun criminel ne pût se soustraire au supplice, et que la peine que mériterait son crime fût d'une heure de souffrance, au vingt-quatrième degré du doloromètre (instrument qui n'existe pas encore) ; chez un autre peuple, où la moitié des criminels seulement serait atteinte par le glaive des lois, un homme coupable du même crime, pour lequel une heure de supplice avait été jugée une répression suffisante, devrait subir deux heures de la même peine, ou bien seulement une heure en doublant l'intensité de la douleur.

Plus le nombre et la gravité des crimes aug-
mentent dans un pays; plus il est nécessaire
d'augmenter la rigueur des peines répres-
sives ; mais cette mesure serait souvent insuffisante, et il deviendrait nécessaire de dé-
couvrir la cause de cette funeste augmentation,
et de la combattre simultanément par des
moyens préventifs.

Le vol ou l'attentat sur la propriété, lorsqu'il porte sur des objets d'une valeur minime
et n'entraîne aucun désordre fâcheux, est à
mes yeux, comme je l'ai déjà témoigné, un
crime, sans comparaison, moins grave qu'un
attentat sur les personnes; cependant, grâce
à l'incapacité législative des obscurs auteurs
du Code pénal et à l'absurde jurisprudence
des juges ; les journaux font foi que le meurtre
et les blessures sont souvent impunis ou moins
réprimés que des vols sans aucune importance.

On pourrait appliquer aux voleurs le principe de solidarité forcée que je viens d'é-
mettre à l'égard d'autres criminels, en les
astreignant à un travail continu, de manière
à ce qu'ils ne sortissent de prison qu'après
avoir amassé, en mains du directeur des travaux, la somme nécessaire pour le rembour-
sement des personnes chez lesquelles ils

auraient commis des vols, plus une valeur calculée à prorata de cette espèce de dette , afin d'obvier à l'insolvabilité des voleurs qui mourraient sans pouvoir s'acquitter , pour que la société trouvât dans cette institution une garantie et une indemnité.

Ces principes peuvent paraître d'une justice rigoureuse ; mais, outre que je propose une atténuation très-sensible de peine pour les vols sans conséquence ; il vaut mieux, en adoptant des châtimens redoutables pour les crimes qui ont une gravité réelle, qu'il n'y ait que cent criminels menacés et punis par une peine décuple de celle qui existe actuellement, que s'il y avait trois cents criminels qui n'auraient pas été intimidés par les peines actuelles. Je m'explique et je suppose que, par des moyens extraordinaires, on parvint à rendre le châtiment qui punit l'assassin dix fois plus effrayant et terrible que la simple perte de la vie par la décapitation ; le nombre des assassins ne serait pas dix fois moindre , mais peut-être serait-il réduit des deux tiers. Mettons que, dans l'état présent des choses, nous eussions trois cents crimiminels à punir pour quatre cent cinquante personnes qui auraient été assassinées , total sept cent cinquante personnes suppliciées ou mortes d'une manière violente et cruelle. Mais si la rigueur des peines, prononcées par une loi nouvelle, réduisait des deux tiers le nombre des coupables ; il n'y en aurait que cent et cent cinquante victimes, ensemble deux cent cinquante morts au lieu de sept cent cinquante ; où est la philantropie ? n'est-ce pas où le nombre des coupables, et surtout des victimes, est manifestement le moindre ?

Il faut que le Code pénal parle à l'âme, que partout on y remarque l'indignation contre le crime, il faut que l'homme condamné verse des larmes de repentir et de reconnaissance, en voyant toutes les précautions paternelles que le législateur a prises pour établir des catégories qui forcent les juges à faire une récapitulation minutieuse des circonstances atténuantes en sa faveur.

La pénalité doit être graduée ou modifiée en raison combinée de la situation sociale de l'âge, du sexe des coupables et des victimes ; la force de l'intention, l'élévation du préjudice. Enfin les préjugés nationaux ou religieux doivent être pris en considération pour adoucir le châtiment (15).

Lorsque le crime est contesté, un calcul

de probabilités établi par le procureur du roi, d'un côté, et combattu par un calcul justificatif fait par l'avocat du prévenu, devrait exposer d'une manière lucide aux yeux des juges les apparences d'innocence et de culpabilité.

Sans doute une grande latitude est laissée aux juges pour récompenser ou punir les antécédens honorables ou blâmables d'un criminel ; mais, ce qui est un grand défaut, le Code ne dit nulle part : « Vous atténuerez la peine de l'homme qui avait toujours mené une vie honnête, qui s'est rendu utile à sa famille, à sa patrie, à l'humanité, et vous observerez, pour l'appréciation de son mérite, telles règles, telles proportions ! »

Il ne peut y avoir aucun inconvénient à énoncer en toutes lettres que l'homme qui a pratiqué pendant trente ou quarante ans la vertu a droit à des ménagemens. Personne ne fait le bien et ne s'abstient du mal pendant une longue vie avec l'intention d'obtenir un adoucissement sur la peine ordinaire due au crime. L'homme âgé de soixante-dix ans et qui n'a plus que cinq ou six ans à vivre, d'après le système des probabilités, ne serait-il pas condamné à mort par un emprisonnement de deux ans ?

7

Il est injuste de ne pas indemniser l'homme dont l'innocence a été reconnue. Je ne parle pas de celui dont la culpabilité n'est pas assez évidente pour le condamner.

J'ai proposé il y a nombre d'années, dans une brochure intitulée une Macédoine, *l'établissement du télégraphe à l'usage du commerce*, qui mettrait en rapport toutes les grandes villes et les ports de l'Europe. Le même instrument, comme je le proposais, pourrait servir pour signaler et faire arrêter les criminels. Il faudrait qu'une convention universelle et réciproque eût lieu à cet égard entre toutes les puissances civilisées, qui, ainsi qu'on le voit, ne sont que dans un état de semi-civilisation.

MM. Faure, Berlier, Giunti et Corsini, auteurs inconnus du Code pénal, jugent que leur ouvrage est digne de porter aussi le titre de Code Napoléon. Ils ajoutent, en s'adressant au Corps-législatif :

« Heureux, messieurs, d'associer vos tra-
» vaux à ses travaux! heureux d'assister à
» cette époque où sa main puissante, sa main
» créatrice, lance ainsi dans l'espace des siè-
» cles ses lois immortalisées par son nom!

» Époque miraculeuse! époque héroïque
» où chaque année de son règne est signalée

» par la conquête d'un empire (autrement
» dit par un brigandage), par une paix tou-
» jours glorieuse, toujours généreuse, parce
» que toujours la force et la modération l'ont
» dictée, etc. »

On voit ici que les orateurs de l'empire
sont au niveau de ses poëtes.

Il est vraisemblable que ces messieurs,
qui célébraient la gloire du guerrier législateur, n'avaient jamais mis l'épée à la main;
aussi ont-ils entièrement oublié dans le
Code l'article *duel*, qui sûrement ne serait
pas échappé aux législateurs qui leur ont
succédé (16).

L'absence du mot *duel* dans le Code
n'exempte pas plus les auteurs du meurtre ou
de blessures des poursuites juridiques, que
l'absence des mots inceste, fratricide, soro-
ricide, et de cent autres crimes, auxquels on
pourrait donner des noms spéciaux, ne serait
une garantie d'impunité pour les coupables.
Aussi a-t-on vu souvent exercer des poursuites
contre des gens qui ne pouvaient pas savoir
si le duel était légalement licite ou non. La
Cour de cassation peut ajouter à la nomen-
clature de ses bévues anti-légales, d'avoir
anéanti l'effet de ces poursuites; car, sous le

régime actuel, le meurtre et les blessures résultant d'un duel n'ont aucune excuse légale.

Observons qu'il est injuste et barbare de stipuler des peines graves contre l'homme qui a voulu défendre ou venger son honneur, lorsque les lois relatives aux injures, aux voies de fait et aux différentes causes qui peuvent occasioner un duel, n'offrent point à l'homme offensé une satisfaction et une garantie suffisantes. La loi laisse tellement prise à l'arbitraire, et la jurisprudence des tribunaux est ordinairement si vicieuse, qu'une amende de 16 fr. est souvent l'unique peine infligée au coupable d'insultes faites à un honnête homme, qui exposerait sa fortune et sa vie pour obtenir la réparation qui lui est due !

Le cadre de cette brochure n'est point celui d'un ouvrage de législation ; ainsi je me borne à jeter un coup-d'œil sur quelques-unes des innombrables imperfections du Code pénal français, qui est à mon avis au-dessous de la critique.

Je lis, art. 334: « Quiconque aura attenté » aux mœurs en excitant, favorisant, ou faci- » litant *habituellement* la débauche ou la cor- » ruption *de la jeunesse* de l'un ou de l'autre » sexe, au-dessous de vingt-un ans, sera puni

» d'un emprisonnement de six mois à deux
» ans, et d'une amende de 50 fr. à 500 fr.

» Si la *prostitution* ou la corruption a été
» excitée, favorisée ou facilitée par leurs
» pères, mères, tuteurs ou autres personnes
» chargées de leur surveillance, la peine sera
» de deux ans à cinq ans d'emprisonnement,
» et de 300 fr. à 1000 fr. d'amende. »

Il faut convenir que nos législateurs Franco-Italiens sont à certains égards d'une clarté admirable. S'ils avaient écrit de 300 à 1000 fr., on aurait pu chicaner, et dire qu'il s'agit de 300 sous à 1000 fr.; mais, sous d'autres rapports, ces messieurs sont moins intelligibles. Si jamais on fait une loi contre les législateurs, qu'on n'oublie pas le crime d'ambiguïté dont MM. Giunti et Corsini ne sont pas irréprochables, et qui a des conséquences extrêmement fâcheuses.

Il est évident que l'art. 334 ne doit concerner que les entremetteurs, quoique tous les tribunaux français, ou peu s'en faut, l'appliquent abusivement à des gens qu'il ne concerne en aucune manière.

Si les mots faciliter, exciter, favoriser la corruption, pouvaient exprimer la défloraison ou le coït avec une femme âgée de moins de vingt-

un ans, la population de la France serait me-
nacée d'une diminution de *quelques cent mille
âmes par année;* car ce n'est guère parmi les
vieilles filles, parmi celles qui du moins sont
majeures, qu'on va chercher sa maîtresse ou
sa femme. M. le préfet de police se trouverait
gravement compromis par cette singulière
interprétation, lui qui fait donner l'autorisation de prostitution à des milliers de femmes
âgées de moins de vingt-un ans.

Je lis dans le *Courrier français* du 8 mai
1829, que le curé de la commune de Roain,
accusé d'attentat à la pudeur sur la personne
de Madeleine Blay, âgée de moins de neuf
ans, a été acquitté parce qu'il n'y a pas eu
violence. Ainsi, pour le même crime, les uns
sont acquittés et les autres condamnés aux
travaux forcés. Le ministre de la justice est-il
excusable de laisser subsister une législation
aussi ambiguë?

Le mot *habituellement,* qu'un homme qui
n'aurait possédé qu'une seule jeune fille âgée
de moins de vingt-un ans, pourrait opposer à
l'application de l'article, prouve d'ailleurs,
ainsi que celui de corruption de la jeunesse,
qu'il ne s'agit ici que de ces êtres infâmes qui
font le métier d'entremetteurs.

La seconde partie de l'art. 334 devrait lever toute espèce de doute à cet égard, car elle assimile le père et la mère aux tuteurs et aux domestiques chargés de la surveillance des jeunes personnes.

Un père, une mère, qui attenteraient personnellement sur la pudeur de leur fille ou de leur fils, et commettraient le crime d'*inceste,* peuvent-ils, sans absurdité, être placés dans la même catégorie que l'entremetteur? Ce sont des délits et des crimes qui n'ont aucune analogie et qui exigent des articles spéciaux.

C'est sans doute par ces considérans que le prêtre alsacien Sieffried est sorti blanc comme neige d'un interrogatoire, d'où il résultait qu'il avait personnellement attenté à la pudeur de ses élèves âgées de dix à douze ans,

Le nombre des attentats de cette espèce, dont les prêtres catholiques se sont rendus coupables depuis deux ou trois ans, est alarmant, surtout si l'on considère que les débats des tribunaux ne nous révèlent pas *la dixième partie* des crimes que ces messieurs commettent dans l'ombre, et protégés par la crainte qu'ils inspirent, par le pouvoir dont ils jouissent et même par la pudeur de leurs victimes, qui ne peuvent les dénoncer sans se perdre d'honneur elles-mêmes. Combien d'affaires de ce genre, d'abord ébruitées par les journaux, ont ensuite été étouffées A. M. D. G. ! Il paraît, si l'on en croit leurs rapports, que les prêtres catholiques commettent seuls autant d'attentats de cette nature que tout le reste de la population française !

Il y a grande apparence que bon nombre d'hommes qui, sans être prêtres, commettent de pareils attentats, ont été fanatisés par des discours ou des lectures qui, en leur prescrivant un combat continuel contre leurs sens, les ont mis dans la nécessité de succomber à des tentations devenues irrésistibles par des privations contraires à la nature.

Les ministres protestans ne sont pas des anges ; mais du moins ils n'ont jamais causé en France de pareils scandales. Pour y mettre ordre, il conviendrait réellement de rendre licite ou même obligatoire *le mariage des prêtres.* Jésus-Christ veut que *chacun ait sa femme*, et saint Paul, non moins raisonnable sur ce chapitre, recommande, *à l'évêque seulement*, de n'avoir qu'une femme.

Voilà un de ces cas où la rigueur des peines est souvent insuffisante, et où l'on ne peut guère combattre le crime qu'en le prévenant par une innovation dans l'organisation sociale française telle que le mariage des prêtres.

———————

L'institution du jury en France est très-imparfaite. On a des exemples récens que les jurés ont absous des hommes dont la culpabilité était incontestable et même incontestée. Comme tous les jurés sont en même-temps électeurs ou éligibles, l'intention de se rendre populaires peut les porter à user d'une indulgence blâmable, pour ne pas dire criminelle.

On a vu des hommes condamnés à l'unanimité obtenir, par l'effet accidentel d'un vice de forme, un nouveau jugement en vertu duquel ils se sont trouvés absous à l'unanimité.

En admettant qu'il ne se présente qu'un exemple pareil dans le cours de dix années, voici cependant les conséquences que j'en tire.

Je suppose que dans le temps donné de dix années dix mille prévenus soient soumis à la juridiction du jury, que dans ce nombre il y ait autant d'innocens que de coupables, et que sur cent pourvois en cassation dix seulement soient admis.

Cinq mille hommes seront absous, et s'y trouvât-il quelques coupables, ils n'auront garde de se pourvoir en cassation ; cinq mille seront condamnés , et dans ce nombre deux mille cinq cents recourront en cassation ; mais nous avons supposé que la Cour suprême n'admet que la dixième partie des pourvois qui lui sont adressés, ainsi deux cent cinquante hommes seulement seront appelés au bénéfice d'être jugés de nouveau. Dans ce nombre ,

1 aura été d'abord condamné à l'unanimité, et sera absous de même à l'unanimité.

2 condamnés à la majorité de 11 voix contre une et absous à cette même majorité.

3 *id.* *id.* de 10 contre 2 *id.* *id.*

4 *id.* *id.* de 9 contre 3 *id.* *id.*

6 *id.* *id.* de 8 contre 4 *id.* *id.*

9 *id.* *id.* de 7 contre 5 *id.* *id.*

Plus on s'éloigne de l'unanimité , plus la culpabilité est indécise et doit donner lieu à de nombreuses oppositions entre les jurés. Je fais ici , pour simplifier le calcul, abstraction des votes de la Cour royale.

25 hommes sur 2,500 verront , dans le cours de dix ans , leurs pourvois admis et seront absous, mais nous avons supposé que la dixième partie seulement des jugemens était

entachée de vices de forme. Ainsi , deux mille deux cent cinquante hommes ont vu repousser leurs pourvois, puisque la procédure en était régulière, seule chose sur laquelle statue la Cour de cassation. Or, comme ici le fond et la forme n'ont aucun rapport , si, sur deux cent cinquante pouvois, vingt-cinq hommes ont été absous par un nouveau jury , sur deux mille deux cent cinquante , deux cent vingt-cinq hommes l'auraient été également, tandis que, frustrés du bénéfice de la révision de leur procès , ils auront été condamnés injustement !

Avec des documens statistiques officiels, il serait facile de voir avec assez d'exactitude quel est le nombre annuel des erreurs des jurés opposés (en supposant que le dernier a toujours raison), et de préciser le nombre d'innocens condamnés , parce qu'il n'y a pas eu vice de forme dans la procédure.

Tant que le crime et l'innocence pourront être aussi aisément justifiés ou condamnés à tort, tant que toutes les mesures préventives possibles n'auront pas été prises, il serait peut-être cruel de proposer l'aggravation de la pénalité usitée en France, à moins d'établir une distinction pour les crimes patens et incontestables, ce qui aurait l'inconvénient de faire paraître douteux le crime des autres coupables.

Je ferai remarquer que c'est une inconséquence d'établir deux degrés de juridiction en matière correctionnelle, et de n'en avoir admis qu'un seul pour les matières criminelles bien plus importantes.

La loi française sur le jury est à mes yeux horriblement vicieuse, en ce qu'elle appelle à ces importantes fonctions des gens souvent sans instruction, sans gravité et sans expérience, qui n'ont fait aucune étude des lois, et commettent journellement de lourdes bévues, constatées par la *Gazette* et le *Courrier des Tribunaux*. Souvent ces messieurs n'ont point compris l'objet ni la portée de leurs délibérations, et sont obligés de revenir sur leur première décision.

Le serment est à peu près étranger aux devoirs du juré : s'il est honnête homme, il ne trahira pas sa conscience, lors même qu'il n'aura pas prêté de serment. S'il n'est pas honnête homme, il ne se fera pas scrupule de le trahir.

Plusieurs parties de nos Codes, ainsi que nombre de compositions de nos auteurs romantiques, auraient besoin d'être traduites en français. On demande à un juré « un tel est-il coupable d'avoir assassiné? » L'ambiguïté de cette question est telle, que souvent le jury absout un homme qui avoue son crime, parce que les jurés s'imaginent qu'on leur demande si l'accusé est coupable pour avoir commis tel crime et non pas s'il l'a commis! On devrait simplement demander au jury :

Un tel a-t il commis tel assassinat ou tel vol ; si alors malgré les aveux du criminel et les déclarations des témoins, un ou plusieurs jurés osaient trahir leur serment, ils me sembleraient au moins aussi coupables eux-mêmes que des faux témoins, et des suborneurs de témoins, que l'on punit si rigoureusement, lors même qu'il n'a été question de témoigner que sur des choses de peu d'importance.

D'un autre côté, pour ne point gêner la conscience d'un juré, la Cour devrait être obligée de stipuler toutes les questions accessoires et ayant pour objet ou d'innocenter l'accusé, ou d'atténuer sa culpabilité: non-seulement le jury, mais encore chaque juré devrait être autorisé à se poser les questions auxquelles la tranquillité de sa conscience a intérêt de répondre.

Toute notre institution du jury est selon moi à refondre. Actuellement elle n'est qu'un jeu de probabilités mal conçu, quant à ses élémens et à ses résultats réels.

Sur douze jurés, chacun représente *une probabilité*, et leur unanimité représente la certitude absolue. A mon avis, il est absurde que la majorité éteigne la minorité où peuvent se trouver les meilleures têtes. Mais, en adoptant provisoirement l'égalité d'intelligence et de judiciaire chez tous les membres d'un jury, on n'a, ce me semble, aucun droit d'opprimer et d'anéantir la minorité. Tant que sur douze personnes, j'en aurai convaincu du moins *une* de mon innocence, je trouverai que j'ai quelque droit à ne pas être considéré absolument comme coupable.

D'après ce principe, si un homme doit être condamné à douze ans de prison, et que deux jurés seulement sur douze l'aient absous, sa peine serait réduite à dix ans. Si neuf jurés sur douze le jugeaient coupable, sa peine serait de neuf ans. Si un seul juré avait opiné contre lui, il subirait une année de prison, c'est-à-dire, que l'influence quelconque de chaque juré serait d'un douzième de la peine, et que *l'unanimité seule* de l'opinion favorable du jury équivaudrait à l'absolution de l'accusé.

Mais s'il s'agit de la peine capitale, comment la partager ? On peut l'évaluer dans la loi, et stipuler, par exemple, que pour un coupable de quarante ans l'équivalent de cette peine, lorsqu'il faudra la transformer en années de prison pour la réduire, sera de quarante-huit années. Alors chaque boule noire représentera quatre années de prison. Si l'accusé a huit jurés contre lui, au lieu de subir la peine capitale, il sera condamné à trente-deux ans de prison.

Cette nouvelle manière de considérer l'importance de chaque voix de juré, sans égard à celle de ses co-jurés, aurait l'avantage de laisser subsister pour les grands crimes, l'épouvantail de la peine de mort ; mais l'application n'en aurait lieu que rarement et par l'effet d'une condamnation unanime. Elle aurait aussi un autre avantage non moins grand, qui serait de ne pas laisser une impunité absolue à d'habiles assassins ou empoisonneurs, que souvent la majorité actuelle du jury n'ose pas condamner, et qui, par l'effet des votes de la minorité, subiraient quelques années de prison. On ne verrait guère alors de ces scandaleux acquittemens, trop fréquens aujourd'hui , et menaçant la sécurité publique.

Je ne donne au reste point ce projet comme le seul admissible. On pourrait , pour ne pas isoler entièrement l'opinion de chaque juré , combiner avec la progression arithmétique résultant de leur nombre , une progression qui fortifierait l'opinion de la majorité du jury , soit qu'elle inclinât pour la peine entière ou pour l'acquittement.

Par exemple , en supposant un cas où la peine du condamné dût être de quarante-huit ans de prison, soit de quatre ans à raison de chaque boule noire, on aurait cette progression.

				ce qui réduirait la peine à	
1, juré	4 ans,	et l'on déduirait de l'influence personnelle de ce juré	5/6	» ans	8 m.
2	8		4/6	5	4
3	12		3/6	10	«
4	16		2/6	14	8
5	20		1/6	23	4
6	24	subsiste tel quel		24	
7	28			28	

				ce qui porterait la peine à	
8 jurés	32 ans,	et l'on ajouterait à l'influence personnelle de ce juré	1/6	32 ans	8 m.
9	36		2/6	37	4
10	40		3/6	42	»
11	44		4/6	46	8
12	48	unanimité; subsiste tel quel		48	»

Il faudrait que le nombre des jurés fût impair, pour que la progression fût parfaitement symétrique ; ici je n'ai augmenté la proportion de la peine, qu'à compter du huitième juré. (17)

Le dimanche à Londres est mortellement ennuyeux : point de divertissemens ni de commerce, sauf celui qu'exercent soixante mille propagandistes du culte de Vénus ; mais tandis que les rues de Londres sont désertes, celles de Paris fourmillent de gens qui vont au spectacle et au bal ; et malheur à l'honnête homme qui s'expose au contact et aux avanies de cette sale cohue.

Un goujat, un homme ivre vous cherche querelle en rue ou même au spectacle ; ce misérable vous frappe. Ce ne sera que par un hasard singulier que vous apprendrez son nom et sa demeure. Vous avez la précaution de vous adresser à un médecin pour constater l'état de vos blessures, et le sensible disciple d'Hippocrate a de son côté l'attention de se faire payer comptant le prix de son certificat, non compris ses visites ultérieures.

Le commissaire de police auquel vous vous

adressez n'est pas visible, car c'est dimanche.
Le lendemain, après une nouvelle course
très-contraire à votre guérison, vous y re-
tournez ; mais, dit-il, l'affaire concerne le
commissaire du quartier où l'accident a eu lieu.
Nouvelle course. Vous vous plaignez d'abord
de l'exigence du médecin qui vous a rançonné;
le commissaire vous répond que vous eût-on
demandé cent francs, cela ne le regarde pas,
et qu'il n'y a point de taxe pour cet objet.

Ayant fait prendre dans un bureau une
feuille de papier timbré, vous déposez votre
plainte, en vertu de laquelle vous aurez le
plaisir de faire connaissance avec le tribunal correctionnel.

Après cinq heures d'attente dans la salle
d'audience, où vous êtes suffoqué par le mauvais air, et vous trouvez côte à côte avec votre
agresseur, le tour de votre affaire arrive.
Grâces à la sagacité de vos juges, votre partie adverse est condamnée malgré ses lâches
dénégations; mais elle appelle de ce jugement, il faut vous rendre à la Cour royale.
Là, un impudent énergumène, affublé l'on
ne sait comment de la robe d'avocat, s'est
chargé sans scrupule de la cause, de l'être
infâme qui vous a insulté, et dont la pudeur

ne permet pas de nommer la honteuse profession, laquelle, grâce au silence de la loi,
nourrit, loge, habille et régale vingt mille
jeunes gens, fils de boulangers, de bouchers,
marchands de vin, tapissiers, qui, tous liés
avec les gens de la police, sont, ainsi que les
prostituées, *les inviolables* de la capitale (18).
Vous vous étiez d'abord adressé à un avocat
jouissant de quelque célébrité; mais comme
il aurait fallu lui payer au moins 200 francs,
vous choisissez un défenseur moins exigeant,
mais qui vous est plutôt nuisible qu'utile.,
n'importe, vous gagnez votre procès, et votre
homme est condamné à cinq jours de prison
et à 25 francs de dommages-intérêts pour
vous avoir fait des blessures qui auraient exigé
30,000 francs de dommages-intérêts eu
égard à votre position sociale et aux effets de
cet accident sur votre physique et votre moral.

Mais le misérable qui vous a attaqué a disparu de son domicile; le commissaire de
police qui a refusé de l'arrêter ne s'est point
engagé à le retrouver. Ainsi, non-seulement
vous perdez la somme que vous avez payée à
votre médecin, celle que vous avez remise à
votre avocat et au fisc pour la citation des
témoins, etc., mais encore vous n'obtenez

pas les ridicules dommages-intérêts qu'on vous a accordés. Bien plus, on vous poursuit vous-même, on saisit vos meubles, on vous conduit peut-être en prison *pour vous faire payer* (sauf votre recours entièrement illusoire) les frais auxquels *votre partie adverse a été condamnée !*...

Voltaire, en parlant d'Athalie, s'écriait : admirable ! admirable ! Quand un homme sensé jette un coup d'œil sur la législation et la jurisprudence françaises, il doit être souvent tenté de s'écrier : absurde ! absurdissime !

Les dommages-intérêts en Angleterre sont mieux proportionnés à l'objet dont il s'agit. En France, quand il est question de voies de fait, ils sont presque toujours dérisoires ; d'ailleurs ils devraient être accordés de droit, et même sans aucune demande, puisque tout préjudice causé à notre physique ou à notre honneur nous cause un dommage que la justice doit réparer.

Quand on songe aux désagrémens que cause un procès, au temps précieux qu'il fait perdre, aux dépenses de tout genre qu'il nécessite, à l'alternative où l'on se trouve d'employer des avocats qui font grassement payer leur talent, ou de plaider soi-même, au risque de ne pouvoir modérer son indignation, et enfin à toutes les impertinences que l'avocat de votre partie adverse et les rédacteurs de là *Gazette des tribunaux* vous adressent pour gagner leur argent, on reconnaît que la jurisprudence des tribunaux français est complètement ridicule en matière de dommages-intérêts, considérés soit comme indemnité à la partie lésée, soit comme une aggravation de peine indispensable pour remettre les gens à leur place.

Le style de notre Code pénal est aussi froid que celui du Dictionnaire de l'Académie, dont malheureusement il n'a pas la clarté. L'on ne pourra jamais inspirer une trop grande horreur de l'assassinat, quand on songe que la la France récèle dans son sein une foule de brigands, espèce d'animaux féroces, prêts à attenter sur la vie des hommes les plus estimables pour leur arracher une vingtaine de francs! Le Code pénal devrait être orné de gravures représentant le châtiment réservé aux crimes et les instrumens de supplice; cet ouvrage, écrit avec chaleur, et mis entre les mains des jeunes gens et des hommes qui n'ont pas reçu d'éducation, sauverait peut-être autant de milliers de victimes que les

pages les plus terribles de *l'onanisme*. Enfin,
les grands scélérats pourraient, en attendant leur supplice mortel, servir à des expériences médicales et chirurgicales dont la
société retirerait de grands avantages.

Les prêtres, pleins d'ardeur pour établir
la suprématie de leur ordre, ne manquent pas
de se mettre en évidence lors de l'exécution
des criminels, auxquels ils promettent le ciel.
A ce compte, Henri IV, qui n'était pas en
état de grâce à sa mort, serait damné, et
Ravaillac se trouverait en paradis. Si l'on accordait que la confession eût tant de pouvoir,
il serait injuste que le meurtrier fût plus heureux dans l'autre monde que sa victime. Je
voudrais donc que l'assassin fût privé de tout
secours religieux et de toute consolation quelconque.

La révolution, passablement brutale dans
son allure, a voulu d'abord tout égaliser, et
je répète que je suis partisan d'une égalité de
droits, honorant le mérite et les titres réels
et non pas simplement nominaux, tels que
ceux que possédait l'ancienne noblesse.

L'intelligence, le génie, les travaux, la so-
ciabilité, sont les qualités qui élèvent l'homme
au-dessus des autres animaux et les soumet à

sa puissance; ces mêmes qualités doivent égalément être la mesure de l'élévation d'un homme au-dessus de ses semblables.

La Charte a consacré l'existence de la noblesse; mais elle pourrait avec avantage subir à cet égard quelques modifications.

Un fils hérite de la fortune de son père, mais il peut être exhérédé ou évincé; il peut aisément dissiper son héritage; mais en matière de noblesse, le fils d'un noble est nécessairement noble, et cette qualité, toute honorifique, se perpétue jusqu'à l'extinction de sa famille. En accordant que la monarchie fait bien d'établir des dignités, qui sont un puissant motif d'émulation, convient-il que cette illustration s'étende jusqu'aux derniers rejetons d'une famille, et encourage l'inertie, la nullité et l'insolence d'une multitude de gens qui n'ont personnellement rien fait pour mériter cette distinction?

Je ne suis point de cette opinion. Les châtimens n'atteignent légalement que le criminel, et les récompenses honorifiques ne doivent, selon moi, jeter qu'un certain reflet d'illustration sur les descendans d'un homme distingué. Il reste à établir dans quelle progression diminuerait raisonnablement la no-

blesse d'un père dans son fils et dans ses
petits-fils, et s'il faudrait l'étendre au-delà
de deux ou trois générations ; enfin cette noblesse, pour n'être pas illusoire, devrait être
honorée par quelques droits particuliers.

Quant au partage des successions, je trouve
que la société humaine n'est point dans
l'obligation d'accorder au fils d'un homme
qui vient de mourir, la possession intégrale
des biens que cet homme a laissés, lors même
qu'un testament régulier semblerait l'exiger,
puisque la loi est au-dessus de la volonté d'un
individu, et que cette loi, qui anéantit les subs-
titutions et les legs non autorisés aux hospices
et aux congrégations, doit aussi, dans l'intérêt public, modifier les effets de la volonté
d'un testateur qui n'a songé qu'aux objets de
ses affections personnelles.

Je voudrais que les successions fussent sou-
mises à des droits considérables, dont le mon-
tant serait consacré à rendre moins dissem-
blable le sort des classes peu fortunées de
celui des gens riches, ce qui aurait principalement lieu par la formation d'établissemens
d'instruction et d'utilité publique.

Plus la succession passerait en des mains
éloignées de la ligne directe, plus le droit de-

vrait être élevé, en le fixant d'après une progression régulière, dont le maximum serait, par exemple 30 p. 100 du capital, s'il n'y avait que des parens éloignés ou des legs.

Ici, comme dans d'autres impôts, je voudrais établir des catégories, qui vraisemblablement ne plairont pas à messieurs les députés ; mais qui sont pourtant conformes à la justice et à l'humanité ; ainsi, je suppose, lorsqu'il s'agirait de la succession d'un père ou d'une mère en faveur de leurs enfans, une succession de 1000 fr. et au-dessous ne paierait que. . . . . 2 p. 100.

Celle en sus de 1000 jusqu'à 2000, 3 p. 100.

Celle en sus de 2000 jusqu'à 4000, 4 p. 100.

Celle de 150 à 200 mille, paierait 10 p. 100.

Un impôt uniforme, tel que serait 5 p. 100, sur toutes les successsions quelconques, n'est pas aussi juste que les catégories ou progressions que je propose, et qui sont basées sur un principe moral : c'est qu'*il faut d'abord assurer le nécessaire à tous*, et que c'est à cette condition, préalablement accomplie, que quelques-uns et tous sont libres d'avoir le superflu (19).

Une loi pénale devrait sévir contre les coureurs de testamens, contre ces lâches in-

trigans qui, abusant de la faiblesse d'un vieillard infirme ou moribond, dépouillent scan-
daleusement ses plus proches parens, soit
pendant leur absence, soit par d'infâmes su-
percheries. C'est ainsi qu'une famille respec-
table, celle du frère (20) d'un savant célèbre
dont j'étais le neveu, a été odieusement frus-
trée de ses droits légitimes à l'héritage d'un
frère et d'un oncle, par un testament fait
presque *in extremis*.

A l'égard du partage entre frères, abstraction faite du droit d'aînesse, qui est une
question à part, et de la portion légalement
disponible, je crois que c'est une matière entièrement neuve à discuter sous les rapports
que j'ai présentés dans ma brochure intitulée
Inégalité réelle, au préjudice des aînés, des
par portions égales, tels qu'ils sont partages
usités dans les successions.

En adoptant le principe d'égalité de partage entre les enfans d'un même père, il aurait fallu expliquer qu'elle était entendue à
égalité d'âge et de circonstances; mais aucun
législateur n'avait aperçu avant moi combien
la prétendue égalité actuelle est inexacte.

On ne peut d'abord contester qu'aux yeux
de la loi, tous les individus de l'espèce hu-

maine sont censés avoir des chances égales
de longévité. L'on n'a point remrqué que la
nature ait favorisé à cet égard les aînés ou les
cadets, et les premiers nés auraient peut-être
moins de chances de longévité que les enfans
qui naissent après eux.

Je suppose donc que deux frères héritent,
l'un à l'âge de seize ans, et l'aîné à trente-
deux ans.

D'après le calcul général des probabilités,
qui borne la vie des hommes pris en masse à
trente-trois ans, l'aîné n'aura plus qu'une année à jouir de sa fortune avant de mourir,
tandis que le cadet aura dix-sept ans devant
lui pour dépenser agréablement ses biens, ou
pour les faire valoir et en quadrupler la valeur!

Si un père laisse en mourant sa succession
à deux fils dont l'un soit âgé de vingt-un ans,
et l'autre de quarante-un ans, le cadet aura
reçu précisément le double plus que l'aîné;
puisqu'en plaçant son capital, en accumulant
les produits de sa part de la succession jusqu'à
ce qu'il ait aussi atteint quarante un ans, l'intérêt, calculé à 5 p. 100, formera un second
capital égal au premier. Le produit serait
bien plus considérable si l'on composait les

intérêts qui forment une progression ascen-
dante assez rapide. Je renvoie à cet égard à
ma brochure, dans laquelle je fais entrer en
ligne de compte les chances de mort, la dépréciation du numéraire, les frais d'entretien
et d'éducation des mineurs, etc.; matières
que je n'ai pas traitées à fond, mon intention n'ayant été que d'engager les hommes
d'état, les députés, les publicistes, à discuter *cette partie vierge de la législation* de
tous les peuples : elle exige de profonds cal-
culateurs.

En France, l'on a égalisé les parts des filles
et des garçons ; c'était alors la mode de l'égalité ; il faudrait du moins que cette égalité fût
raisonnée. Notre Code civil actuel constate
que sous nombre de rapports les femmes sont
considérées comme inférieures aux hommes ;
et si c'est en raison de l'élévation du degré de
civilisation et de capacité intellectuelle qu'on
distribue les honneurs et les biens, il faut
convenir que le génie des hommes en général
est très-supérieur à celui des femmes.

Si les hommes (je parle du sexe masculin)
avaient propagé leur espèce dans des matrices
végétales, nous n'aurions pas moins de ma-
thématiciens, d'astronomes, de philosophes,

de naturalistes, de mécaniciens, de chimistes, de physiciens et de législateurs qu'actuellement; tandis que si les femmes n'avaient eu pour maris que des ourangs-outangs, elles vivraient encore dans les bois (21). Les hommes qui par leur génie ont élevé notre espèce fort au-dessus de celles de tous les autres animaux terrestres ont, en France, méconnu leurs droits à une part plus forte que celle des femmes, et j'attribue cette égalisation à la nullité personnelle des législateurs, qui ont oublié la suprématie de l'homme sur la femme, plutôt qu'à leur désintéressement : l'époque des mariages républicains n'était pas celle de la galanterie.

Considérons aussi les deux sexes sous leurs rapports physiques.

Je suppose une espèce d'hommes où le mâle aurait toujours dix pieds de haut et la femme seulement cinq, mais du reste entièrement semblables ; il est manifeste que si le père de deux individus de cette espèce donnait au mâle un morceau de drap de sept pieds et demi de haut, sur cinq de large, pour s'habiller, celui-ci serait fort mal partagé, tandis que la femelle aurait du superflu avec cette même quantité de drap.

Il en serait de même à l'égard de la nourriture. Une part *nominalement égale*, serait réellement très-inégale. Pour procéder avec justice, il faudrait proportionner les vêtemens en raison des surfaces, et les alimens en raison des cubes.

Dans l'espèce humaine, la disproportion des sexes n'est pas aussi grande que je viens de le supposer, pour rendre mon raisonnement plus intelligible ; mais il est certain que la consommation que fait une femme, étant moins considérable que celle d'un homme, il devrait y avoir une proportion dans le partage des successions entre garçons et filles, telle à peu près que trois est à deux. Ne voiton pas que le salaire des ouvriers est toujours plus élevé que celui des femmes ? Presque toutes les ouvrières ne gagnent que trente sous par jour et vivent avec cela aussi bien que les maçons, charpentiers, etc., qui gagnent le double. Si vous ne donniez que trente sous par jour aux ouvriers et aux manœuvres, ils mourraient d'épuisement.

Les mêmes motifs qui ont fait différencier les salaires, militent également pour la différenciation des parts d'héritage. Je fais ici abstraction de tous les moyens qu'ont les

femmes d'éviter soit par l'intérêt qu'elles
nous inspirent, soit par leurs séductions, le
dernier degré de la misère, tandis que les
hommes dans les mêmes circonstances n'ont
souvent que le choix du crime ou d'une mort
affreuse. Cet avantage particulier aux femmes,
leur faiblesse et leur timidité, sont cause
qu'elles sont en moins grand nombre parmi
les criminels que les hommes, car il serait
injuste d'attribuer aux femmes une supériorité de vertu qu'elles sont assez justes pour ne
point revendiquer.

La dépréciation du numéraire *est seule
une cause suffisante de révision périodique*
(et par exemple semi-séculaire) pour toute
la partie fiscale d'une législation; ainsi on
commet un acte de barbarie en laissant subsister le taux de 20 francs par mois qu'un
créancier est obligé d'avancer pour la nourriture de son débiteur, tel que cela existait
il y a trois siècles, puisque maintenant avec
20 francs, l'homme incarcéré ne peut avoir
que les meubles indispensables et à peine du
pain et de l'eau.

Cette dépréciation, qui est digne de toute
l'attention des législateurs et des écono-
mistes, et qui, depuis vingt ans, a presque

doublé le prix du pain et des loyers, pourrait
peser d'une manière fâcheuse sur un monarque dont la liste civile aurait été fixée
pour tout un règne, surtout si ce règne du-
rait quarante ou cinquante ans, puisque,
pour représenter par exemple 30 millions stipulés en 1830, il en faudrait peut-être 50 en
1880. Le budget augmente annuellement ; la
liste civile devrait être aussi augmentée d'année en année, en suivant une progression
compensatrice de la dépréciation infaillible
du numéraire.

J'ai déjà parlé de l'insolence des gens du
bas peuple à Paris. On s'inquiéterait fort peu
de la haute opinion qu'ils ont d'eux-mêmes,
s'ils n'étaient constamment les premiers à insulter et même à maltraiter les honnêtes
gens. Un décrotteur, un perruquier, une
ignoble poissarde, ne manquent pas de vous
jeter au nez ces mots : « Je suis autant que
vous. » Encore une ou deux révolutions et la
loi proclamera l'égalité de tous les animaux
devant la loi, (l'homme compris).

Les domestiques et les portiers sont à Paris
les fléaux de la société ; leurs médisances,
leurs calomnies et leurs impertinences exige-
raient sans cesse qu'on les remplaçât ; mais

en changeant on ne serait pas plus heureux.
Une personne bien instruite m'a assuré que la
police avait fait il y a quelques années des
dépenses assez considérables pour établir des
registres et donner des livrets aux portiers et
aux domestiques, mais qu'on a renoncé à cet
utile projet, au moyen duquel il eût été possible de tenir ces gens en respect. Comme je
suis persuadé que messieurs les libéraux aiment autant l'obéissance passive et non-re-
gimbante chez leurs domestiques que les
royalistes, j'espère qu'on reviendra d'un
commun accord sur cette heureuse innovation, sans laquelle il est aussi désagréable de
commander que d'obéir. Pour peu que l'état
actuel des choses dure, on sera obligé de recourir à des moyens mécaniques pour se
faire servir à table et ailleurs, afin de n'être
pas importuné par la présence d'insolens domestiques.

En voyant notre législation et la jurisprudence de nos tribunaux, on serait tenté de
croire que le Roi de France, au nom duquel
la justice est rendue, a une propension particulière pour les boulangers, les bouchers, les

9

marchands de vin, les crémiers, les rogo-
mistes, etc. Grâces aux relations de compé-
rage qui existent entre cette obscure classe
de la société et les officiers municipaux et gens
de police, des vols considérables et permanens
sont presque toujours impunis, ainsi que de
coupables falsifications, qui non-seulement
sont une autre espèce de vol, mais qui encore
compromettent la santé publique.

Qu'un malheureux dérobe dans son extrême
misère un pain de quatre livres, il sera condamné à quelques mois de prison ; mais qu'un
boulanger ait volé la valeur de quelques milliers de livres de pain en trompant sur le
poids, il en sera quitte pour 16 fr. d'amende,
lui qui, jouissant d'un certain bénéfice sur sa
marchandise, ne peut pas prétexter la misère
pour excuse. Les marchands de vin, les lai-
tières, qui ne s'enrichissent qu'à force de
friponneries du même genre, sont également
toujours impunis.

A Bruxelles, les boulangers empoisonneurs
n'ont été punis que par trois jours de prison.

Tous ces gens sont à mon avis plus coupables que ceux qui ont l'imprudence de faire
accidentellement un faux.

Les progrès que l'industrie a faits en France depuis la révolution, sont la critique la plus fondée qu'on puisse faire du régime précédent, où la cour, les prêtres et les congrégations religieuses, absorbaient l'attention et les revenus publics. On cherche enfin à répandre l'instruction dans les classes inférieures du peuple; mais on n'y parviendra peut-être pas aussi long-temps que la religion catholique sera interprétée et professée comme elle l'est; car cette religion, aussi stationnaire que celle des Juifs, repousse de fait les développemens politiques et religieux qui pourraient menacer les magnifiques traitemens de ses évêques et archevêques.

L'ignorance, la malpropreté, la paresse, sont trop fréquemment les drapeaux qui annoncent une population catholique. La pauvreté considérée comme le premier des biens, l'insouciance pour tout ce qui n'a trait qu'à notre temporel, la mort toujours imminente, sont les vertus et les dogmes du christianisme; et cette religion, quoique divine, a, comme autrefois celle de Moïse, besoin de subir de grandes modifications, pour n'être pas en discordance avec l'état actuel de la société, qui est aussi l'ouvrage de Dieu (22).

Si la France n'est pas au triste niveau de
l'Espagne, c'est que la révolution avait pro-
clamé la religion naturelle, qui a le grave
défaut d'être trop vague, mais qui, de fait,
a diminué l'extrême soumission du peuple
envers les prêtres, en sorte que peu de gens
instruits se laissent entraîner par une aveugle
crédulité. L'activité des protestans français
et l'exemple de l'Angleterre sont les causes
efficientes de presque tout ce qui a été fait de
bien en France, pour le développement de
notre industrie, depuis cette désastreuse et
brillante époque.

On peut affirmer que si les Bourbons, au
lieu d'observer en Angleterre les heureux effets d'une sage liberté, avaient constamment
vécu en Autriche ou en Russie, nous n'aurions ni Charte à invoquer, ni budget à discuter, ce qui affligerait bien des gens.

L'opposition du clergé français à l'enseigne-
ment et à la vaccination, est à mes yeux un
double tort ; l'humanité exige qu'on rende la
vaccination obligatoire. Les générations à venir demandent avant tout la liberté d'exister !

C'est parce qu'un grand nombre de femmes
en France ont le visage hâlé et défiguré par
la petite-vérole, qu'une célèbre Anglaise

écrivait, il y a quelques années, que « toutes
les femmes y étaient laides; » Cependant j'ai
vu en France des femmes d'une beauté plus
parfaite qu'en Angleterre, sans parler de
l'enjouement et de l'amabilité, qui ne sont
point l'apanage ordinaire des filles d'Albion.
L'assainissement successif de Paris nous pro-
met une foule de jolies Parisiennes brillantes
de fraîcheur et d'ingénuité..... pour l'an 1840.

———————

La langue française est très-pauvre ; elle ne
se prête point aux inversions, elle est rarement imitative. On ne pourrait, sans être
accusé de néologisme, faire dériver d'un
mot tous ceux dont on a besoin pour éviter
une périphrase. A ces défauts irrémédiables,
et à bien d'autres imperfections, ajoutez « ces
syllabes infâmes dont on vient faire insulte à
la pudeur des femmes. »

Je ne sais si l'habitude des auteurs classiques français a trop d'empire sur moi, mais
tous les efforts des romantiques, pour rendre
notre poésie moins bornée dans ses moyens
de peinture et d'expression, me semblent
presque infructueux. On pourrait aisément,
ainsi que je l'ai proposé, former une langue

universelle, régulière, harmonieuse, imitative, philosophique, et tellement riche,
qu'elle serait, à l'égard de la langue française,
ce qu'est l'orchestre de l'Opéra à la petite flûte
criarde qui domine dans les pièces de Rossini.
Il faudrait, pour réaliser ce projet appeler,
à une réunion centrale en Europe, des savans,
des philosophes, des moralistes, des poètes,
des musiciens, des philologues, etc., de toutes les parties du monde civilisé; mais les souverains ne savent réunir des milliers d'hommes
que pour les forcer à s'entrégorger.

J'ai tenté, il y a douze ans, d'enrichir la
poésie française, en proposant de nouveaux
rythmes, et la littérature dramatique par un
nouveau genre de spectacle intitulé polydrame (plusieurs actions). Je voulais que dans
un ouvrage, peut-être moins régulier, mais
plus varié qu'un des chefs-d'œuvre de Racine;
le poète eût la liberté de descendre jusqu'au
ton de la comédie; que l'emploi de la prose
ou des vers et de rythmes inusités fût entièrement facultatif et soumis aux règles du
goût, qui veut qu'un personnage s'exprime
d'une manière convenable à sa position sociale et à son caractère.

Le récitatif de l'opéra ennuie mortellement

le public, qui, en France, n'est point mélo-
mane. L'accompagnement de quatre-vingts
instrumens étouffe la voix des chanteurs, et
les spectateurs ne comprennent rien à la pièce,
qui éblouit leurs yeux et déchire souvent leurs
oreilles. Le polydrame, imitation de la nature, n'eût point offert ces inconvéniens,
puisque les tragédiens auraient parlé sans accompagnement; mais on n'y aurait pas re-
marqué la triste nudité du théâtre français.
Une ouverture, des marches guerrières ou
funèbres, des chœurs, des danses, des changemens à vue, des combats, des incendies,
des songes, des visions, des apothéoses auraient charmé les sens et l'imagination des
spectateurs, qui, lorsqu'ils savent lire, n'ont
nul besoin d'aller au théâtre pour jouir des
chefs-d'œuvre de Voltaire et de Corneille, en-
laidis par de jeunes premières d'un demi-siècle.

A moins d'unir accidentellement le grand
Opéra et les Français, aucun théâtre à Paris
ne possédait la réunion d'artistes nécessaire
pour jouer des polydrames (mais dans toutes
les grandes villes de province l'exécution en
eût été facile); mon projet est donc resté ir-
réalisé, et cependant la seule objection qu'on
m'ait faite contre lui, c'est qu'il aurait fait

tomber la tragédie, l'opéra et même le mélodrame! voilà, sans contredit, une difficulté
qui ne devrait pas effrayer un spéculateur.

En offrant la conception du polydrame,
je crus pouvoir proposer différens rythmes
nouveaux, mais qui sont une conception distincte de toute création dramatique.

J'inventai d'abord les vers de seize syllabes (23), partagés autant que possible en
quatre membres, chacun de quatre syllabes,
maintenant avec rigueur le repos à la hui-
tième, mais insistant peu sur l'exacte subdivision des deux hémistiches.

Au risque de combattre l'opinion irréfléchie
d'un des poètes de l'empire, je dois faire observer que le rythme des vers de seize syllabes diffère extrêmement de celui des vers
de huit; comme l'alexandrin est plus grave
que deux vers de six syllabes. Il suffit, pour
s'en convaincre, d'essayer d'écrire une scène
de tragédie en vers de six syllabes. Il serait
trop long d'expliquer ici les causes de cette
différence, qui existe même *indépendamment
de la rime*, par l'effet du jet de la pensée et
de la nature de nos vers féminins.

Après avoir composé quatre polydrames en
vers de seize syllabes, je m'étais tellement

familiarisé avec ce rythme, que celui de nos
alexandrins ne me paraissait plus assez grave;
et un homme d'esprit, auquel cette innovation ne répugnait pas, était persuadé qu'au
théâtre le public ne se serait pas aperçu de
l'innovation que je voulais tenter. Elle est,
au reste, basée sur cette observation musicale,
que la mesure qui frappe le plus agréablement notre oreille est celle qui est composée
de trois ou de quatre temps. On sait d'ailleurs
.que toute la musique est composée de phrases
de quatre mesures.

J'ai écrit entièrement en vers de quatorze
syllabes, sauf les morceaux de chant, l'opéra
du *Chevalier de Villiers*, et l'Académie française a fait déposer ma pièce imprimée à la
bibliothèque de l'Institut. Voici quel était le
rythme que j'y avais adopté de préférence :
$3 — 3 = 4 — 4$ syllabes, par exemple :

« Je vais donc—le revoir—ce fils si cher—à ma tendresse. »

. J'avais composé une comédie entière, dont
j'ai perdu le manuscrit, en vers de quatorze
syllabes d'une autre espèce, et souvent partagés par $4 — 4 = 3 — 3$ syllabes, par exemple :

« Un médecin, – pour bien de gens, – est un mal – nécessaire.»

Racine, dit-on, avait essayé d'écrire en vers de quatorze syllabes, mais il y renónça, pourquoi? sans doute parce qu'il avait partagé son vers en deux parties égales de sept syllabes chacune; ce nombre impair n'est pas agréable à l'oreille. Peut-être, néanmoins, que si ce mélodieux poète avait persévéré dans son dessein il se serait habitué à ce nouveau mouvement et nous aurait dotés d'un chef-d'œuvre de plus.

Dans ma tragédie de *Darius*, j'ai écrit deux des principaux rôles en vers alexandrins, composés chacun de quatre membres de trois syllabes. En voici un fragment, pour donner une idée de la gravité qui résulte de ce rythme et du mouvement qu'il doit communiquer par la comparaison aux vers qui sont moins compassés.

LE GRAND-PRÊTRE A ADULPHAR.

Adulphar! parlons bas.— Dès long-temps dans ce temple
Tu reçus mes leçons et suivis mon exemple;
Des vertus d'un autre âge affectant la candeur,
Nous montrons aux humains une feinte grandeur;
Intrigans à la cour, respectés du vulgaire,
Nous prêtons notre voix aux erreurs de la terre.
Les remords et la crainte ont dressé ces autels
Où les rois les premiers ont guidé les mortels;

Mais souvent des destins interprètes suprémes,
Nous faisons de leur front tomber leurs diadèmes.
Ce n'est point le devoir qui partage mes vœux,
L'intérêt et l'orgueil sont nos lois et nos dieux ;
D'un vainqueur insolent je redoute la chaîne,
Il est craint, il est grand : il mérite ma haine ;
Des honneurs qu'on lui rend mon esprit est jaloux,
Toute gloire étrangère excite mon courroux.
Gardons-nous d'affermir le pouvoir de nos maîtres,
Qu'on aime le monarque et qu'on craigne les prêtres !
Oui , je veux que ma bouche intimide les rois ;
Qu'abattus à mes pieds et tremblans à ma voix ;
Ils déposent ici leur audace profane.
Des décrets éternels le ministre et l'organe,
J'établis mon pouvoir sur les maux des humains :
Là, couvert des trésors amassés par leurs mains,
Adoré par le peuple, à ses chefs redoutable,
Je commande aux mortels sur un trône immuable.

Les administrateurs du Théâtre Français,
complétement incapables d'apprécier le mérite ou les défauts de mes innovations, ren-
voyèrent à l'Académie française la demande
que je faisais d'adopter, du moins à titre
d'essai, un ouvrage écrit dans un de ces nouveaux rythmes. La réponse de l'Académie
ne me fut point défavorable , puisqu'elle
laissait aux administrations théâtrales *une
entière liberté* à cet égard. M. Picard m'offrit
même de faire jouer un de mes polydrames

à l'Odéon ; mais la troupe, dont il devint peu après directeur, n'avait ni chœurs ni ballets.

Mes raisons pour proposer l'usage des vers de quatorze et de seize syllabes étaient :

D'abord que la rime y est plus éloignée que dans les vers de mesure moins longue, ce qui est un avantage dans le genre dramatique, où l'on cherche l'imitation de la nature ;

2° Qu'on peut renfermer dans quatorze et surtout dans seize syllabes une pensée complèxe contenue dans une seule ligne, et qui exigerait presque deux vers alexandrins ;

3° Que le moule de ces vers étant à peu près vierge, on pourrait y fondre une foule de pensées qui n'avaient pas pu être exprimées en vers d'une manière satisfaisante ;

4° Que plus le vers est court moins il est solennel, et que par conséquent les vers de quatorze et de seize syllabes seraient plus graves, plus majestueux que ceux de douze, dont nous nous servons indistinctement pour la comédie et la tragédie, et qui sont du moins les plus brefs dont on puisse faire usage même pour la comédie. Voltaire, dans ses comédies en vers de dix syllabes, nous en a donné la preuve, car personne ne sera tenté de suivre son exemple.

Pour que le lecteur puisse juger l'effet des vers de seize syllabes, j'en citerai quelques-uns extraits de mon polydrame, intitulé la *Mort de Henri IV*, dans lequel les agens jésuitiques de l'Espagne devaient figurer d'une manière assez comique. Le rôle de Ravaillac, fanatisé par les prêtres, tourmenté par des songes et des visions, aurait été éminemment tragique. On conçoit au reste qu'il n'y a rien de commun entre les vastes projets qui occupaient l'esprit de Henri-le-Grand et l'amourette sur laquelle Legouvé fait reposer sa froide composition.

HENRI IV.

Je pars, je vais braver la mort pour secouer le joug de Rome,
Je renonce au titre de roi, s'il faut trembler devant un homme
Qui de son siége fastueux, et des chrétiens guide vénal,
Commande en maître aux souverains à genoux à son tribunal.
Serait-ce là l'humilité dont il nous doit les saints exemples ;
Je le révère à ses autels et le combats hors de ses temples.
Le temps n'est plus où son pouvoir dictait la loi dans nos états,
Je ne connais en lui qu'un prêtre et le moindre des potentats
Oui, j'abhorre son double sceptre et je veux que ma main le brise,
Couvert du sang qu'il dut sauver, il fait la honte de l'Église ;
Dut sur mon front le Vatican lancer ses foudres solennels ,
Je flétrirai l'éclat d'un trône où l'on vit tant de criminels.

Il faudrait tout un ouvrage écrit en vers

de seize syllabes pour que ce rythme ne parut pas étrange à des oreilles habituées à une autre mesure. Au reste, je ne cite ces vers que pour donner une idée du rythme, et je prie le lecteur d'observer que plus les vers ont de longueur plus il est difficile « qu'ils se tiennent debout » comme les beaux vers de Corneille. Il faut, pour remplir ce vaste cadre, des hommes qui abondent en grandes pensées. Heureusement notre époque en possède plusieurs; et, puisqu'on prétend que le public veut du nouveau, ce serait une belle occasion de lui en offrir.

Notre prosodie lyrique est trop indéterminée; elle exigerait la subdivision régulière de nos vers, suivant de nombreuses combinaisons, qu'il serait trop long d'énumérer ici.

Nous avons des longues et des brèves, qui même diffèrent entre elles dans leur catégorie de longueur et de brièveté. Lorsqu'un auteur écrit un opéra, il ferait peut-être bien d'indiquer la mesure des syllabes de toute la partie du récitatif et du chant, surtout lorsque le musicien qui doit faire la partition n'est pas Français, comme on sait que cela arrive souvent. Ainsi, supposé qu'on dût mettre en

musique deux des plus beaux vers d'Athalie,
on les écrirait comme ceci.

Cĕlūi — qŭi mēt — ŭn frēin ⹀ă lā — fŭrēur dĕs flōts
Sāit aŭssī — dĕs mĕchāns ⹀ ārrĕtēr — lĕs complōts.

Le partage des vers de huit syllabes en deux
membres de quatre ajoute à leur harmonie et
n'augmente que peu la difficulté de la versification; en voici un exemple extrait de mes
stances sur la mort de Mademoiselle, première
fille de monseigneur le duc de Berry, qui ont
été lues à l'Académie française.

> C'est pour régner qu'elle était née ;
> Mais Dieu la veut pour ses autels :
> Déjà sa main l'a couronnée,
> Et nous pleurons!..... pauvres mortels!
> Elle naquit avec l'aurore,
> Elle mourut avec le jour ;
> Ainsi la rose avant d'éclore
> Peut en naissant servir l'amour.

Il n'est point indifférent que le repos ou la
césure tombe sur une syllabe, qui, placée à
la fin d'un vers, en rendrait la rime masculine, ou sur une des syllabes qui, terminées
par un *e* muet, forment une partie de nos
rimes féminines. J'ai fait imprimer, il y a
plusieurs années, une ode sur le rétablisse-

ment de la statue de Henri IV, où les vers terminés par une rime masculine avaient une césure masculine (si je puis employer ce terme), tandis que les vers dont la rime était féminine, avaient aussi une césure féminine.

J'ai composé à la même époque une ode inédite, où j'avais suivi une marche contraire à celle-ci ; c'est-à-dire que la césure était féminine là où la rime était masculine, *et vice versa*.

Ces innovations, dont le but serait de nous créer une poésie lyrique et de consacrer l'existence d'un nombre indéfini, et du moins de cinquante rythmes, dont aucun n'a été employé seul dans une pièce de vers, sont passées presque inaperçues ; cependant je me félicite de m'en être occupé. Je viens même d'apprendre, de M. H. Bis, que Rossini a senti la différence qui existe entre une césure masculine ou féminine, et qu'il a prié les auteurs des paroles de *Guillaume Tell* de lui écrire un morceau dont toutes les césures ainsi que les rimes seront féminines.

Pour apprécier ce nouvel ouvrage, nos dilettanti vont-ils se trouver dans la nécessité de devenir aussi bons versificateurs qu'ils sont musiciens ? ce serait une tâche bien pénible !

Il est une foule de rythmes qu'on devrait préciser.

Ainsi l'on partagerait le vers de 12 syllabes,

$$\text{en } 3 - 3 = 3 - 3$$
$$2 - 2 - 2 = 2 - 2 - 2$$
$$4 - 2 = 4 - 2$$
$$2 - 4 = 2 - 4, \text{ etc., etc.}$$

Les vers de 10 syllabes,

$$\text{en } 2 - 2 = 3 - 3$$
$$2 - 2 = 2 - 2 - 2, \text{ etc., etc.}$$

On pourrait aussi employer des vers de 10 syllabes ayant un repos à la sixième et non à la quatrième.

Les vers de 8 syllabes,

$$\text{en } 3 - 3 - 2$$
$$3 - 2 - 3$$
$$2 - 3 - 3$$
$$2 - 2 - 4, \text{ etc., etc.}$$

Le vers de 9 syllabes, tel que Hoffmann paraît l'avoir employé le premier, mérite d'être consacré dans la poésie lyrique : je crois devoir en rappeler la mesure au lecteur :

Jĕ tĕ pĕrds — fŭgĭtĭvĕ — ĕspĕrāncĕ.

Les vers de sept, de six syllabes, etc.,
pourraient également être divisés par des
repos, souvent imperceptibles. Il conviendrait de donner un nom spécial à chacun des
rythmes nouveaux qu'on adopterait ; mais,
pour les désigner, les noms des nombres sont
malheureusement bien prosaïques et anti-eu-
phoniques. Pour nommer un vers de 3, 3, 2
syllabes, on ne pourrait guère dire un tri-tri-bi,
et pour spécifier des vers de huit syllabes,
dont la césure tomberait sur la cinquième syllabe, faudrait-il les nommer des penta-tri?

J'ai déjà, dans plusieurs de mes produc-
tions, fait ma profession de foi en matière
de littérature dramatique. Les règles adoptées
par les classiques ne s'opposent point à ce
qu'on fasse des ouvrages attachans et parfaits ;
bien des chefs-d'œuvre le prouvent ; mais elles
bornent trop le nombre des sujets susceptibles d'être présentés au théâtre et les moyens
d'y faire de l'effet ; ces deux genres devraient
donc être également protégés ; mais proscrire,
au théâtre, le genre classique et les Grecs et
les Romains, est un acte de vandalisme aussi
absurde que d'interdire l'usage des vers et
de la rime sous prétexte de se rapprocher de la
nature. D'après un tel système, il faudrait

supprimer tous les orchestres des théâtres, car la nature ne nous a donné ni harpes, ni hautbois, ni violons. Sans doute on trouve bien des gens dont l'organisation imparfaite est insensible aux charmes de la musique, de même la poésie déplaît à nombre de personnes; mais ce sont des exceptions. Le style anti-harmonieux de quelques novateurs choque tous ceux qui ont l'oreille délicate; la poésie doit être euphonique et imitative, comme la musique doit être poétique.

J'ai composé, il y a quelques années, un drame dont j'ai perdu le manuscrit, et qui était écrit en partie en prose sans hiatus, en partie en vers blancs de différentes mesures. C'est un usage qu'on pourrait fort bien introduire dans le drame et dans le mélodrame.

L'enjambement dont quelques auteurs abusent est quelquefois nécessaire pour donner du naturel au dialogue : il est même indispensable quand il faut peindre le désordre et des mouvemens inattendus; mais il faut que le goût en dirige l'emploi.

Il paraît qu'à Londres comme à Paris les théâtres sont en proie à l'avidité des intrigans et des monopoleurs. Il est fâcheux pour la gloire nationale, pour les plaisirs du public et pour bien des poètes et des musiciens d'un mérite réel, que l'autorité ne s'oppose point à l'exécution des pactes honteux qui repoussent les nouveaux talens, et font perdre à l'État le fruit de ses soins et de ses dépenses pour l'avancement des lettres et des arts. Il en est peut-être des auteurs en faveur à la scène comme des femmes des chœurs de l'Opéra ; celles qu'on met en avant sont toujours les plus vieilles et les plus laides (24).

Avant de terminer cette brochure, dont je ne me suis occupé que dans des momens perdus, souvent sans relire ce que j'avais écrit, pour lier les matières ensemble, je crois devoir donner une idée succinte de ma nouvelle manière de bâtir les maisons et les villes.

Qu'on se figure des rues plus larges que nos boulevards. La partie centrale, de 24 à 30 pieds de largeur, est creusée à la profondeur de 12 à 15 pieds. Cette rue basse est destinée aux voitures, aux chevaux, au transport des fardeaux, etc. De chaque côté de cette rue basse sont les portes inférieures des maisons, les magasins de bois, de charbon, les remises, etc. Quant aux chevaux, on les éloigne des habitations, comme on le fait à Lon-

dres, pour s'épargner le bruit et l'odeur désagréable et dangereuse qui résultent du voisinage des écuries.

De chaque côté de la rue basse est une ba-
lustrade à hauteur d'appui, et là, depuis le
trottoir découvert, qui a 12 à 15 pieds de
largeur et qui doit être planté d'arbres, on
voit sans danger se croiser les rapides voitures à vapeur, les omnibus, les dames blan-
ches et les équipages des princes, des nobles
et des parvenus.

Entre les maisons et ce trottoir il existe, à
son niveau, une galerie vitrée de 15 à 20 pieds
de largeur, dans le genre de celle du Palais-
Royal, mais mieux ornée. Des tuyaux de chaleur, des poëles placés de distance en distance
tempèrent, en hiver, la rigueur du froid.

Des conduits de fraîcheur amènent, en été,
l'air frais des passages souterrains et des jardins dans cette galerie, où des toiles teintes
interceptent, quand on le veut, les rayons
trop ardens du soleil.

On se servira de préférence de portes à
coulisses, qui ne causent aucun bruit et tiennent moins de place que les portes battantes.

Les maisons qui n'ont pas moins de quatre
étages au-dessus du sol sont couvertes par

dès terrasses ornées d'arbustes, de fleurs et de statues, et offrent en toute saison un abri pour prendre de l'exercice et respirer un air pur.

On n'emploie que la pierre, les métaux, la brique et des matériaux incombustibles pour la construction de ces maisons. On pourra avoir pour monter et descendre des machines mues par la vapeur ou par des moyens mécaniques. Tous les appartemens d'une maison, eût-elle soixante locataires, seront chauffés simultanément par des calorifères à un degré réglé par le thermomètre. Les escaliers et vestibules seront aussi chauffés de cette manière, ainsi qu'on le voit à l'Académie royale de musique.

Il y aura devant chaque maison un pont pour traverser la rue basse.

Les galeries couvertes continueront leur cours, après s'être croisées, par dessus la rue basse au moyen de ponts en chaînes, en fil de fer ou autres.

Il conviendra de varier la forme des maisons et d'employer, suivant les quartiers, différens ordres d'architecture, et même ceux qui, tels que l'architecture gothique, turque, chinoise, égyptienne, birmane, etc., ne sont point classiques.

Les fontaines, les obélisques, les pyrami-

des, les salles de spectacle, de concert, de
bal, les casino, les temples pour les différentes religions, les musées, seront toujours
assez éloignés des autres constructions pour
produire le plus bel effet possible.

Les loyers de la ville centrale seront né-
ressairement chers, mais il faut considérer
quelles économies feront ceux qui l'habi-
teront.

On peut estimer que chaque individu,
n'ayant pas équipage, économisera par année 200 fr., qu'il aurait dépensés de plus en
habillemens, chaussure, voitures, etc., s'il
avait vécu dans une ville comme Paris, où les
cochers de fiacre semblent avoir fait avec l'ancienne police un pacte pour la conservation de
la boue. Ce serait donc environ 600 fr. par an
d'économie par ménage. C'est au propriétaire
de la maison qu'on paierait cet excédent,
pour se trouver assuré matériellement contre
l'incendie, contre le chaud et le froid, contre
les voitures et les chevaux, contre la boue et
la poussière, et généralement contre l'insa-
lubrité, les maladies et les cruels accidens
qui résultent de l'imperfection des villes actuelles.

Si l'on observe combien ma nouvelle manière de construire les villes y diminuera la mortalité ; il faudra ajouter aux considérations qui précèdent l'avantage de vivre pour les uns et celui de vivre plus long-temps, et mieux portant pour les autres, qui, pour tous, est inappréciable (25).

PROJET D'EMBELLISSEMENT

ET D'UTILISATION POUR LA PLACE LOUIS XVI ET LES CHAMPS-ÉLYSÉES.

Je propose d'abord la suppression des fossés ou jardins potagers qui déparent et rétrécissent la place Louis XVI. De belles fontaines, sans absorber autant de terrain, produiront un bien meilleur effet.

Le jardin des Tuileries, n'étant défendu que par une terrasse le long du quai, et du côté de la rue de Rivoli que par une grille, les fossés, qui ne protègent que la terrasse donnant sur la place Louis XVI, sont d'une inutilité complète.

Cette terrasse devra être ornée de statues et de vases de fleurs, et subir quelques changemens qui rendront la clôture des jardins de ce côté aussi parfaite qu'elle l'est du côté du quai, de manière à encadrer la place

Louis XVI mieux qu'elle ne l'est actuellement,

Abstraction faite des espaces et trottoirs réservés aux personnes à pied, la place sera pavée d'une manière nouvelle ; la surface extérieure des pierres composant le pavé sera plane (actuellement ces pierres présentent la surface d'un sphéroïde raboteux, humide et glissant), les côtés de ces pierres seront taillés de manière à s'unir étroitement au moyen d'un ciment indestructible, qui ne permettra pas à la glaise de s'infiltrer et de salir le pavé.

Grâce à cette précaution *l'on ne sera incommodé ni par la boue, ni par la poussière.* Un service spécial de propreté s'étendra de la barrière de l'Étoile à la terrasse des Tuileries.

Se borner à enfermer les Champs-Élysées dans une grille, comme semble l'annoncer le projet du conseil municipal, serait une conception inutile et mesquine. Les malfaiteurs qu'on éloignerait des Champs-Élysées, se porteraient dans un autre quartier de Paris, où ils ne seraient pas moins à craindre. Il *serait également absurde de laisser subsister cette promenade dans l'état de nudité où elle est,* car on n'y trouve pas même un banc pour se reposer, *ni rien qui puisse justifier le titre de Champs - Élysées.*

Mon projet paraîtra peut-être trop vaste ; mais son exécution contribuerait à la gloire de la France et offrirait des avantages matériels immédiats.

On a calculé que, dans le quartier de la cité, sur dix enfans qui naissent à peine un seul atteint l'âge de virilité. Presque toute la partie centrale de Paris est aussi très-insalubre, et *les générations sont décimées* par la longue et coupable incurie du gouvernement et du conseil municipal. En attendant la reconstruction successive de tout le vieux Paris, l'humanité et l'intérêt véritable du gouvernement commandent d'attirer hors de ces repaires infects la plus grande partie possible de la population , qui peut-être ne connaît pas l'influence morbifique de l'atmosphère pestilentielle où elle languit et meurt prématurément.

Mon intention serait donc , non point de changer en une ville nouvelle les Champs-Élysées ; mais, en continuant de les consacrer à la promenade , aux jeux et aux fêtes publiques, d'y élever, à des distances prédéterminées, une série de maisons de plaisance de l'architecture la plus variée et la plus pittoresque.

Une double colonnade, partant de l'entrée des Champs-Élysées et aboutissant à la barrière de l'Étoile, après avoir dessiné des *circus*, ou places circulaires, garantirait les promeneurs et les gens de la campagne de l'ardeur du soleil, de la pluie et des intempéries des saisons.

La partie supérieure de la galerie servirait également à la promenade; dans les jours de fête on y placerait des gradins, qui, chargés de jolies femmes, offriraient un brillant coup-d'œil.

Les maisons de plaisance dont je parle, d'architecture gothique, égyptienne, indoue, birmane, turque, chinoise et de fantaisie, seraient autant que possible supportées par des colonnes ou pilastres, afin de ne pas gêner la circulation de la foule : d'ailleurs elles seraient assez éloignées les unes des autres pour que les Champs-Élysées fussent toujours une promenade.

On pourrait, non loin de la Seine, élever une montagne artificielle surmontée d'un belvédère, embellie par une cascade, des grottes, un châlet suisse, etc., etc.; on y placerait un observatoire public, moyennant une rétribution, et auquel seraient attachés des professeurs d'astronomie.

Les maisons de plaisance seraient, autant
que le genre d'architecture le permettrait,
surmontées de terrasses ornées de vases de
fleurs, de statues, de rotondes et de belvé-
dères; elle seraient entourées de jardins anglais, de fontaines, etc.

Des candelabres, en partie dorés et rap-
prochés les uns des autres, éclaireraient, par
le gaz, la place de Louis XVI et toute l'avenue
des Champs-Élysées.

Je voudrais qu'on élevât à l'entrée des
Champs-Élysées deux édifices faisant face
aux Tuileries et bordant la place Louis XVI,
qui actuellement est mal encadrée (26). Il
faudrait qu'ils fussent en harmonie avec le
Garde-Meuble, mais d'une architecture plus
légère. On pourrait, si l'on adoptait mes
frises, y placer des tableaux monumentaux
de 25 à 3o pieds de haut sur 6o à 8o de long,
soit en pierre de lave peinte, soit en métal
peint, soit en relief.

Dans les constructions des Champs-Élysées,
des emplacemens seraient réservés pour les
cafés, les restaurans et le commerce de détail, sans lequel un quartier n'est jamais
vivant.

Je crois que tout ce que j'ai proposé jusqu'ici ne paraîtrait pas inadmissible; mais
voici une partie de mon plan qui rencontre-
rait une forte opposition.

Les deux superbes édifices que je viens de
mentionner seraient *le casino* de Paris, et
ses salles devraient pouvoir contenir cinq à
six mille personnes. Il y aurait salle de concert, salle de bal, salle de banquet, salle de
comédie, salons pour la lecture et la conversation. c'est un établissement qui manque
tout à fait à Paris, tandis que de petites villes
de l'Italie, de l'Allemagne et de la Suisse réu-
nissent assez d'abonnés pour soutenir de pareils établissemens.

Sans entrer ici dans le détail de tous les
embellissemens que la place Louis XVI serait
susceptible de recevoir, je pense qu'on pourrait y ajouter deux colonnes monumentales,
égalant ou surpassant en hauteur celle de la
colonne de la place Vendôme; mais d'une
forme plus gracieuse, et dont l'une supporte-
rait la statue de la Religion et l'autre celle de
la Clémence. Deux colonnes torses, en partie
dorées, feraient un superbe effet.

Je voudrais établir dans le voisinage de la
grande porte des Tuileries, et de préférence

dans le jardin, deux vastes rotondes vitrées, l'une contenant un double et magnifique escalier monumental, et l'autre une espèce de montagne russe, afin de descendre dans une superbe galerie souterraine qui auraient quelque ressemblance avec les temples que les Indous creusent dans les montagnes. Cette galerie aurait 60 pieds de large, la partie centrale en aurait 28, et serait soutenue par une double rangée de colonnes massives telles qu'on en voit chez les Indous.

Cette galerie souterraine traverserait la place Louis XVI comme celle de M. Brunel traverse la Tamise, mais elle serait d'un style bien plus noble, ornée de bas-reliefs, revêtue de pierre de lave peinte ou de métaux peints; elle conduirait aussi au casino, dont les salles seraient assez vastes pour *servir à l'exposition des produits de l'industrie* (27).

Il y a long-temps que j'ai formé le projet d'un édifice d'un genre neuf, mais très-simple, et destiné aux concerts. Il s'agirait d'une sphère de 80 à 100 pieds de diamètre, dont une moitié serait enfoncée dans la terre et l'autre s'éleverait au-dessus du sol, sans parler des parties accessoires qui conduiraient dans ce vaste globe, pourvu de loges et de gradins. L'orchestre serait placé dans la partie centrale la plus basse.

Je crois que ce globe, tout resplendissant de l'éclat des lumières et réunissant une brillante société, offrirait un spectacle unique et que la musique devrait y faire le plus bel effet.

Il est certain que le conseil municipal refuserait d'avancer 80 à 100 millions pour des constructions dans les Champs-Élysées; mais si la ville accordait de grands avantages et une certaine somme pour couvrir les dépenses de pur embellissement à une société de capitalistes, ce projet serait peut-être réalisable.

Il faudrait que cette société obtint la concession à perpétuité des terrains où s'élèveraient les constructions, l'exemption des contributions pendant un siècle, des licences pour l'entrée des fers étrangers destinés à ces édifices incombustibles et l'exemption pendant un nombre d'années des droits d'octroi. La gloire d'une nation, et quelquefois sa conservation, dépendent en partie de la grandeur de sa capitale, et le gouvernement ne doit rien négliger pour étendre les limites et la population de Paris : or, il vaut infiniment mieux y procéder en faisant construire un quartier magnifique et digne du voisinage du séjour de nos rois que de laisser Paris s'étendre de tous côtés d'une manière mesquine et irrégulière.

Il résulterait de grands avantages de ces brillantes constructions, qui contribueraient à attirer les étrangers à Paris. Le nouveau pavé dont je propose la formation, l'éclairage par le gaz, le service de propreté, seraient bientôt généralement adoptés dans la capitale du peuple le plus imitateur de la terre.

FIN.

NOTES.

———

(1) *Page* 6. Les voyageurs consultent avec fruit deux petits ouvrages qui renferment nombre de renseignemens statistiques, et dont le titre est *le Guide de l'étranger à Londres* et *le Guide de l'étranger à Paris.*

(2) *Page* 11. Dans une brochure intitulée *Deux mots sur les théâtres*, suivie d'un projet de société pour l'assainissement et l'embellissement de Paris, et dont j'ai eu l'honneur d'adresser des exemplaires à M. de Martignac, à M. le préfet du département et à M. le préfet de police, je proposais, entre autres choses, l'éclairage des rues de Paris par le gaz, en commençant par la rue de la Paix. Mon projet à cet égard vient d'être réalisé; mais les candelabres, placés à 40 mètres les uns des autres, sont quatre fois trop éloignés pour produire un bel effet, et la lanterne quadrangulaire, qui n'est pas de bon goût, est beaucoup trop élevée. Un gouvernement doit décorer sa capitale comme le directeur d'un théâtre y attire le public par de beaux décors. Dans nos passages, les becs de gaz ne sont qu'à 10 ou 12 pieds de distance, et la proximité des deux rangées double l'intensité de la lumière. Il faut que les propriétaires des maisons, et surtout de celles qui donnent sur la rue, se soumettent à payer une partie des frais d'un bel éclairage par le gaz, sauf à en faire supporter leur quote-part à leurs locataires.

11

(3) *Page* 16. Il serait à désirer qu'on adoptât partout l'usage des pompes à mouvement de rotation, qui, entre autres avantages, ont celui de ne faire aucun bruit.

(4) *Page* 24. Ce théâtre a été consumé dernièrement par un incendie.

(5) *Page* 27. Le Palais-Royal, que de nouveaux embellissemens rendent chaque jour plus digne de son nom, est enfin délivré de la présence des filles publiques.

(6) *Page* 50. Le Polygine est, d'après mon projet, un édifice destiné à une vaste salle de bal ou de concert ; l'entablement paraît être supporté par des statues de femmes, et les bas-reliefs représentent des danseuses de théâtre. J'ai conservé un exemplaire de la lithographie que j'ai fait faire à Londres, du Polygine.

(7) *Page* 51. Voyez l'annonce des quais flottans dans le *Courrier de Londres* (journal imprimé en français) du 28 septembre 1824.

(8) *Page* 60. Depuis que j'ai écrit ceci, S. A. R. Madame, duchesse de Berry, et, à son exemple, d'autres personnes de la cour, ont donné des bals déguisés et non masqués d'un effet magnifique. On pourrait aussi donner à l'Opéra des bals parés, qui attireraient la foule : pour s'en assurer, il suffit de citer celui qui a été donné l'hiver dernier sous les auspices de S. A. R. le duc de Chartres pour le soulagement des pauvres.

(9) *Page* 64. Ces améliorations consisteront principalement dans l'augmentation de la somme destinée aux alimens des prisonniers pour dettes, et dans la réduction de la durée de la détention, qui sera, quoique imparfaitement, proportionnée à la quotité de la dette. Malgré cela, l'article sera en opposition avec la loi civile, qui a prohibé la con-

trainte par corps dans les cas non spécialisés. C'est une erreur grave que commettent nos tribunaux de commerce,
que de considérer la lettre de change comme formant, essentiellement et toujours, un acte de commerce, et cette
erreur est si palpable qu'il paraît superflu de la combattre.
La lettre de change est le moyen le plus simple et le plus
expéditif qui puisse s'offrir à tout particulier, même non
négociant, de disposer des fonds qu'il a, ou qu'il croit
avoir, dans une ville autre que celle qu'il habite. La Cour
royale a bien senti cette vérité, lorsqu'à l'occasion d'une
lettre de change de madame la duchesse d'Aumont, elle
s'est informée si cette lettre de change n'était qu'un acte
isolé, ou s'il y avait une continuité de pareils actes, formant une espèce de spéculation ou de circulation commer-,
ciale.

Lorsque la contrainte par corps en matière commer-
ciale aura été modifiée et sanctionnée légalement, même
contre les non négocians, il sera nécessaire de changer
l'article du Code civil, qui s'oppose actuellement, mais
de droit seulement, et non de fait, à l'exercice de cette
contrainte.

La jurisprudence du tribunal de commerce est encore
vicieuse, en ce que jamais il n'autorise le débiteur à fournir
la preuve que, dans sa lettre de change ou son acceptation,
il y a supposition de date ou de personnes, ce qui rédui-
rait, d'après le Code de commerce, l'acte à une simple
promesse, n'entraînant point la contrainte par corps. Cependant la plupart des détenus pour dettes, de Paris, ne
sont en prison que par le fait de telles acceptations; et le
tribunal commet là un véritable déni de justice. Enfin, les
Suisses résidant en France, qui, par la loi, sont assimilés

aux Français, ne devraient pas être confondus, par le pré-
sident du tribunal de première instance, avec les étrangers
que, par l'effet d'une législation cruellement sévère, on
peut arrêter sur simple requête, et retenir en prison à perpétuité.

A Londres, la loi sur la contrainte par corps est actuellement beaucoup moins rigoureuse. Sans parler de la facilité qu'obtient un détenu pour dettes de sortir momentanément de prison, en donnant des sûretés, afin d'arranger ses
affaires, il existe un tribunal spécialement chargé de relaxer
les débiteurs qu'il a reconnus insolvables. Cette reconnaissance a lieu ordinairement sans beaucoup de retards, tandis
qu'à Paris il est excessivement rare qu'un prisonnier pour
dettes puisse se libérer par la cession de ses biens, tant
elle entraîne de frais, de longueurs et de difficultés.

Autre fois on était exposé à être arrêté à Londres pour
la dette la plus modique ; mais, depuis environ 18 mois, on ne
peut plus être emprisonné provisoirement pour une somme
moindre que 5o liv. sterling (passé 1250 fr.) ; pour toutes
les dettes qui ne s'élèvent pas si haut, l'on a un et même
plusieurs mois pour se retourner. Cette législation est extrêmement libérale, surtout si l'on fait attention que le débiteur étranger est aussi favorisé que le national ; et que si
l'on n'a pas mis opposition à la délivrance de son passeport,
il a vingt fois le temps d'échapper aux poursuites de ses
créanciers.

Il n'y a point de tribunaux de commerce en Angleterre ;
ainsi les dettes commerciales et les dettes civiles ne forment
point, comme chez nous, deux catégories ; le même juge
prononce sur les unes et les autres, lorsque le créancier
vient jurer que telle somme lui est due, ce qu'il est libre

de faire sans même présenter aucun titre écrit. On voit que cette loi date de loin.

(10) *Page* 69. J'ai eu récemment (en avril 1830) un entretien avec M. le baron Fourrier, membre distingué de l'Académie des sciences et de l'Académie française. Je désirais obtenir une profession de foi de l'Académie des sciences concernant l'attraction universelle, la vie des astres et celle des plantes, etc. Ne pouvant obtenir aucune solution quelconque à cet égard, je fis observer à M. Fourrier que, comme il serait peu honorable pour l'Académie française de n'oser se prononcer sur l'orthographe d'un mot, l'Académie des sciences serait blâmable de ne point se prononcer sur les matières de sa compétence : sa réponse fut qu'il y avait des questions scientifiques qui resteraient toujours pendantes; c'est ce que j'accorde sans peine, surtout si l'on ne cherche point à se mettre en état d'y répondre; mais les questions que j'ai soulevées ne sont point des problêmes insolubles. Il suffit, pour les résoudre, de ne pas renoncer à certaines facultés supérieures, sans lesquelles toutes les expériences du monde ne prouveraient rien : nous n'avons pas trop pour pénétrer les mystères de la nature de la réunion de ces facultés à l'expérience. Les questions dont je parle ne sont point oiseuses; l'homme qui les regarderait comme indifférentes ressemblerait à un maçon qui ne s'occuperait que des pierres qu'il taille, sans songer à l'édifice dont elles feront partie. En un mot, dans ce siècle de lumières, un savant ne doit pas être un athée observateur de quelques faits isolés, mais un philosophe qui entrevoit du moins la vaste et noble destination de la nature. Comme aucune expérience n'a pu prouver au physicien l'existence de Dieu et l'immortalité de l'âme, il ne doit pas avoir deux consciences, l'une de savant et l'autre de chrétien. Son devoir

est de faire coïncider le fruit de ses observations scientifiques avec celui de ses méditations religieuses.

(11) *Page* 72. Nous n'avons point d'adjectifs pour exprimer imperceptible pour le tact, l'odorat, l'ouïe et le goût ;
les substantifs nous manquent aussi. Pourrait-on dire : in-
tangibilité, inodorabilité, inaudibilité, ingustabilité ?

(12) *Page* 77. On sait maintenant que l'éloignement ordinaire des comètes du soleil ne les plonge pas dans les
rigueurs d'un froid insoutenable pour leurs habitans, et
que la densité, l'étendue de l'atmosphère des astres, et
d'autres causes, peuvent tempérer l'excès du chaud et du
froid qui résulterait de la proximité ou de l'éloignement du
soleil.

(13) *Page* 80. (*Députés en permanence*). Il va sans dire,
que cet état de permanence serait subordonné au droit de
dissolution, qui est une des prérogatives royales.

(14) *Page* 93. Il est fâcheux qu'il n'existe pas de mots
en français pour exprimer l'action de rendre moral ou religieux ; on pourrait à la rigueur dire : la moralisation.

(15) *Page* 96. J'ai ici particulièrement en vue l'état déplorable d'une jeune fille qui, dans le désespoir et le trouble
de son esprit, et au moment de se voir à jamais déshonorée
par la présence de l'enfant qu'elle vient de mettre au monde,
ose perdre ce témoin fatal de sa honte.

(16) *Page* 99. J'ai écrit ceci en 1828, long-temps avant
qu'il fût question du projet de loi qui a été présenté sur
cette matière : il me paraît excessivement incomplet.

En Angleterre, lorsque l'autorité est informée que deux
hommes doivent se battre en duel, elle fait arrêter les deux
champions et les oblige à donner chacun une caution pour
une forte somme, afin d'assurer qu'ils ne se battront pas.

Les auteurs du projet de loi proposé dans la dernière

session (en supposant que plusieurs personnes aient pu s'accorder pour une aussi étrange conception) ; ces auteurs, dis-je, au lieu de se donner la peine de composer une législation complète sur cette matière, ont trouvé plus commode d'assimiler les brigands, les assassins et les empoisonneurs à l'homme qui, insulté ou provoqué, peut-être publiquement, n'a eu, par l'effet des préjugés existans et de l'insuffisance des lois actuelles, que le choix du déshonneur ou du combat où il expose sa vie ! Si cet homme était condamné, il serait donc déshonoré pour avoir trop estimé l'honneur ? Il est manifeste que le duel exige une législation et même une pénalité spéciales. Si on le considère comme un crime, il est inconséquent de n'imposer aucune obligation aux témoins prédisposés du duel, et de ne leur attribuer aucune responsabilité.

Il me semble qu'un mari, qu'un père dont on séduit ou on veut séduire la femme ou la fille, ne peut être passible d'aucune peine quelconque pour le fait d'un duel ; tandis que le séducteur, qui a la barbarie et l'impudeur de tuer le mari qu'il déshonore, mérite un châtiment exemplaire. La législation doit ici prévoir tous les cas, et ne pas craindre d'énoncer ces principes conservateurs de l'ordre, sans quoi elle serait immorale, même par son silence.

(17) *Page* 113. En Angleterre, un homme ne peut pas être condamné à la peine capitale sans que le jury ait déclaré à l'unanimité qu'il est coupable ; ainsi, dans le pays où l'homme passe pour essentiellement raisonnable, le pouvoir de la *majorité* est, en matière criminelle, *absolument nul*, et un seul juré récalcitrant infirme l'opinion des onze autres, dans l'intérêt de l'accusé, qui est cependant bien inférieur à celui de la société.

On pourrait donc aisément supposer une législation, d'après laquelle une minorité ou même un seul juré, convaincu de la culpabilité de l'accusé, le frustrerait à jamais de tout espoir d'absolution et d'élargissement, surtout quand on considère que la chambre des mises en accusation ne permet pas qu'un homme soit inculpé sans preuves apparentes de culpabilité.

Moi, dans l'intérêt presque tout-puissant de la société, je demande, en faveur d'un seul juré, ou du moins de la minorité, que l'accusé ne puisse être *complétement absous*, tant qu'un ou quelques uns des jurés ont la conviction intime de sa culpabilité, et réciproquement que l'unanimité seule puisse entraîner la peine capitale contre lui. De cette manière, toutes les fois que cette unanimité n'aurait pas existé, le condamné nourrirait l'espoir de voir naître des circonstances qui pourraient produire au grand jour son innocence ; et, lorsqu'elle serait constatée, il recevrait une indemnité suffisante du gouvernement.

Je traiterai peut-être, dans un autre ouvrage, une question qu'il faut scinder de celle de la peine capitale, la question de l'ostensibilité, pour ne pas dire de la publicité des supplices, et des restrictions et conditions qu'on peut y apporter, pour en éviter autant que possible les inconvéniens et en retirer quelques avantages. De telles exécutions ne devraient pas avoir lieu sur des places publiques, au sein des villes, où cet aspect peut affecter dangereusement des personnes qui ne s'y attendaient point, et surtout les femmes, trop avides de ces funestes émotions.

(18) *Page* 115. Tandis qu'on allait tirer les dernières feuilles de écrit, une ordonnance, qui paraît avoir été préparée sous l'administration de M. de Belleyme, mais qui

n'a été mise à exécution que le 1er mai par son successeur, a interdit aux prostituées en titre; c'est-à-dire autorisées par la police, la circulation dans les rues de la capitale, que l'absence de tant de femmes élégantes rend cependant un peu tristes, pour ne pas dire désertes.

Je regrette d'avoir, pour ainsi dire, sali quelques pages de ce livre en signalant les excès qui résultaient de l'audace toujours impunie de plusieurs de ces dévergondées. Je n'osais pas me flatter que l'autorité supprimât enfin cet antique abus, tandis qu'il en est tant d'autres qu'on lui signale inutilement.

Il faut convenir que si ces dames voulaient monter à cheval sur la Charte, qui proclame l'égalité de tous les Français et apparemment de toutes les Françaises, M. Mangin et ses agens se trouveraient accablés sous le poids des procès et des condamnations que devraient leur attirer tant d'arrestations et de réclusions illégales. Heureusement pour lui, ces tendres victimes de l'arbitraire ne sont abonnées à aucun journal, et restent sans défenseurs.

Sérieusement parlant, l'urgence de cette mesure si vivement réclamée par les mœurs, la santé et le repos publics, prouve combien est inadmissible dans la pratique l'égalité devant la loi, qui était excellente et incontestable entre bonnets rouges et buveurs de sang.

Comme il n'est aucune égalité parfaite entre les individus qui sont répandus dans la nature, c'est se mettre en opposition avec elle que d'en supposer une fictive, qui est à chaque instant démentie par l'expérience.

Je suis, au reste, si impartial que, loin de vouloir toujours favoriser les classes élevées de la société, je puis citer bien des cas où je voudrais qu'on établît contre les personnes qui les composent des peines plus graves que les châtimens ordinaires, et que je punirais beaucoup moins le malheureux qui vole 40 francs à un homme riche, que le voleur qui dérobe une égale valeur à un infortuné; puisque le premier n'éprouve aucun préjudice sensible par cette perte, qui mettrait une famille pauvre au désespoir.

(19) *Page* 121. L'impôt que je propose ici, ayant une destination spéciale, serait perçu indistinctement sur les meubles et les immeubles, et en sus des droits actuels d'enregistrement. Je n'indique que par approximation quelle en serait la progression; il suffit que le principe soit adopté. J'en voudrais même proposer l'application à la perception de l'impôt mobilier et foncier dans l'intérêt des classes pauvres.

(20) *Page* 122. La famille de feu le colonel Tissot, mon père, auteur d'un ouvrage intitulé *Cahiers militaires*, comprenant un *Nouveau plan de fortification*.

(21) *Page* 125. Personne plus que moi n'aime le beau sexe, et je suis d'autant plus éloigné de lui contester la place honorable, mais secondaire, à laquelle il est destiné par la nature, que je conserve un attachement mêlé d'admiration pour la mémoire et les vertus de ma mère, parente de madame de Staël, et auteur de quelques poésies pleines de sentiment; elle a aussi composé une pièce en trois actes et en vers qui a été représentée en province avec un brillant succès.

(22) *Page* 131. Jésus-Christ, ayant promis aux fidèles la présence continuelle du Saint-Esprit, l'Église a droit de modifier ses croyances et ses usages, comme les trois pouvoirs constitutionnels réunis ont droit de modifier la constitution française.

(23) *Page* 136. On a fait avant moi des vers de quatorze

et de seize syllabes ; mais je ne sache pas qu'aucun auteur ait composé un ouvrage entier en vers de quatorze ou de seize syllabes. D'ailleurs, la subdivision des vers de seize syllabes est manifestement de mon invention, ainsi que le partage des vers de quatorze syllabes, tel que je l'indique en pla-çant constamment dans une composition le repos à la sixième syllabe, sans y mêler des vers dont ce repos serait à la hui-tième. Le partage en deux membres de sept syllabes ne me paraît pas heureux.

Lorsque j'eus fait imprimer ma tragédie de *Darius*, un versificateur, qui a le plaisir de survivre à la réputation dont il jouissait sous l'empire, trouva que la subdivision de chaque hémistiche des vers alexandrins était une innovation qui ne méritait pas d'être prise en considération, puisque chacun disait-il est libre de subdiviser ses vers comme il l'en-tend. A ce titre, il aurait répondu aux premiers inven-teurs de notre système de versification, qu'il était inutile de préciser le nombre de syllabes de nos vers, puisque tous ces rythmes se trouvent accidentellement dans la prose. Tel est l'effet de la jalousie et de la vanité de gens qui, n'ayant jamais rien inventé, ne veulent pas accorder qu'il y ait des inventeurs parmi les auteurs contemporains.

La subdivision de tous nos vers, soit pour écrire des pièces de vers où l'on n'en adoptera qu'une seule espèce, soit pour les mélanger artistement, répandra sur notre poésie lyrique de nouveaux charmes, sensibles pour toutes les personnes qui ont l'oreille délicate ; et lorsqu'il s'agira d'ouvrages des-tinés à être chantés, il résultera de la préfixation de chaque mono, bi ou trisyllabe des rythmes très-vigoureux, dont la musique sera fortement accentuée et d'un effet entraînant

(24) *Page* 148. Depuis l'époque où j'ai écrit ceci, le

directeur de l'Académie royale de musique a heureuseme nt
attaqué les droits d'ancienneté des vieilles chœuristes, en
plaçant devant elles quelques jeunes adeptes. C'est une des
innovations que je demandais dans ma brochure, intitulée
Deux mots sur les théâtres. Au reste, cette administration,
au lieu d'améliorations, n'offre que des *empirations*, à
commencer par les ignobles caleçons de toile, qu'on semble
avoir emprunté aux derniers tréteaux du boulevard.

(25) *Page* 148. Des siècles s'écouleront peut-être avant
que les gouvernemens soient assez riches pour faire construire de grandes villes pour cinq ou six cent mille habitans,
d'après un plan préfixé, sur le modèle que je propose ; en
attendant, je crois pouvoir rappeler une idée que contenait
ma dernière brochure, où il était fait mention d'un projet
d'assainissement et d'embellissement pour Paris. J'y proposais d'établir un impôt annuel d'environ 150 fr. pour
chaque cheval de luxe. Cela ne ferait guère que 16 sous par
jour pour chaque ménage ayant voiture, ou 4 sous par personne, c'est le moins qu'un homme à pied donne aux pauvres
ou aux balayeurs.

Cette supériorité qu'un homme à cheval ou dans sa voiture semble s'arroger sur les personnes moins riches ou
moins vaniteuses, ne repose sur aucun titre moral ; et, si
elle est tolérée, du moins ne doit-elle pas l'être sans une
rétribution, dont la nécessité est consacrée par l'impôt
existant sur toutes les voitures de louage, qui cependant sont
d'une utilité publique.

L'insupportable bruit que font jour et nuit vingt mille
voitures particulières dans les rues de Paris, l'ébranlement
continuel des maisons, le désagrément et l'insomnie qui en
résultent pour la plupart des habitans de Paris, méritent

une compensation qui est réellement trop faible telle que je la propose; car on peut évaluer généralement au moins à 20,000 fr. de revenu la fortune de toutes les familles qui ont voiture, et 300 fr. disparaissent dans la masse de dépenses que la vanité leur impose.

Cet impôt, dans mon projet, ainsi que d'autres impôts sur des objets de luxe, et stipulés sur une échelle particulière pour la ville de Paris, servirait à former un fonds à destination spéciale, qui serait l'embellissement et l'assainissement de Paris, successivement reconstruit d'une manière moins dangereuse et moins désagréable pour ses habitans. Une partie de ce fonds serait consacrée à donner des secours et de larges indemnités aux personnes ou familles victimes d'accidens causés par la rapidité des voitures; des inspecteurs de la voie publique seraient chargés de modérer, en vertu de réglemens sévères, cette dangereuse vitesse, et l'administration du fonds mentionné prendrait fait et cause pour plaider contre les auteurs de funestes accidens, qui ont l'impudeur, après avoir mutilé un homme sous les roues de leur char, de le réduire au désespoir par les longueurs, les inquiétudes et les frais d'un procès.

(26) *Page* 156. La trop grande élévation du pont Louis XVI fait que, depuis le centre de la place, on aperçoit à peine une partie du palais Bourbon, qui se trouve éclipsé par les statues colossales sous lesquelles ce pont est écrasé : il conviendrait de les enlever pour les placer autour de la place Louis XVI, sur des piédestaux moins informes, en y ajoutant quatre autres statues.

(27) *Page* 158. Depuis l'époque où j'ai formé ce projet, le gouvernement a consacré le bâtiment inachevé du quai d'Orsay à l'exposition des produits de l'industrie; cet édifice,

qu'on prendrait pour une espèce de caserne, et qui n'a aucun rapport extérieur avec l'industrie et les arts, me semble mal situé pour cette destination.

———

On trouvera trop d'arithmétique dans cet écrit, qui du reste n'est pas précisément destiné aux gens du monde ; mais les théories que j'ai cru devoir présenter, ne pouvaient être exprimées avec lucidité que par des chiffres. Si d'autres occupations me permettent de faire un nouveau séjour à Londres, il est vraisemblable que je publierai une suite à ce livre, et je donnerai à ma nouvelle composition plus d'actualité, malgré les inconvéniens et les dangers qu'il peut y avoir à critiquer les hommes et les choses les plus dignes de censure et de blâme. Je me propose de traiter alors avec quelques développemens le chapitre des théâtres et des beaux-arts.

FIN DES NOTES.

PRODUCTIONS LITTÉRAIRES

COMPOSÉES ET PUBLIÉES

PAR M. AMÉDÉE DE TISSOT.

———

Darius, tragédie en cinq actes (2ᵉ édition).
Le Massacre de la St.-Barthélemy, tragédie en cinq actes.
Eudoxie,   id.   id.
Arrie, ou les victimes de la tyrannie,   id. en trois actes.
Le Médecin libéral, comédie en un acte.
La Décoromanie,   id.   id.
Le Minutieux,   id.   id.
Le chevalier de Villiers, fils de Ninon de Lenclos, opéra
    en trois actes.
L'Albionade, poëme en un chant (2ᵉ édition).
Le Chant Royal, et Charles X à Rheims.

BROCHURES POLITIQUES.

Tableau dispositif de la session de 1819.
Une Macédoine.
Trisection de la Chambre des députés.
Les Gémissemens de la Presse opprimée.
*Inégalité réelle, au préjudice des aînés, des partages par
    portions égales.*

Épigrammes et autres poésies légères.

Deux mots sur les théâtres de Paris, suivis d'un projet de société pour l'assainissement de la capitale.

Ode sur le rétablissement de la statue de Henri IV et autres odes.

MANUSCRITS PERDUS.

Clodius, ou les mystères de la bonne Déesse, grand opéra en trois actes.

Hamlet, drame en trois actes, en prose, et en vers blancs de différentes mesures.

Une comédie en un acte, en vers de quatorze syllabes.

Variantes proposées pour plusieurs tragédies de Crébillon et de Corneille, etc., etc.

TABLE

DES MATIÈRES.

------- • -------

Pages

Proposition d'une nouvelle espèce de pavé, au moyen duquel il n'y aurait ni boue ni poussière dans les rues de Paris.   7.

Quelques projets d'amélioration pour l'assainissement de Paris.   11 , 12 et   13

Il serait utile d'introduire à Paris l'usage des bains d'eau de mer, comme on en prend à Londres.   23

Projet d'un nouveau journal, intitulé le *Méthodique*.   32

Projet d'un second journal, intitulé *Journal des Législateurs*.   34

Considérations sur l'égalité devant la loi, qui doit être une égalité relative et non absolue.   44

On devrait à Paris, comme on le fait à Londres, éloigner les chevaux et les écuries des habitations de maîtres.   52

Il est surprenant qu'il n'existe point de casino à Paris.   56

Projet de société des gouvernemens légitimes; elle exigerait un congrès périodique, tel que je l'ai proposé dans une brochure précédente.   62

Abus qui existent dans les hôpitaux de Paris.   64

Expériences proposées pour constater l'existence du

12

Pages

fluide pondérant et quelque spontanéité dans la
direction des plantes.   69 et   72

Système de contre-harmonie universelle pour la
destruction de l'état temporel de chaque individu.   ·   76

Considérations sur la peine de mort.   86

Utilité d'un télégraphe à l'usage du commerce.   98

Utilité du mariage des prêtres, autorisé par l'Écriture
sainte.   105

Vices de la loi sur le jury.   108

Principe fondamental d'un nouveau système de
jury.   110

Projet de modification à l'égard de la noblesse.   119

Nouvel impôt à créer sur les successions pour en
consacrer le produit à des établissemens d'utilité
publique.   121

Nécessité d'une loi contre les personnes qui usent
de captation envers un vieillard pour déshériter
sa famille à leur profit.   122

Inégalité réelle, au préjudice des aînés, des partages entre frères, tels qu'ils sont usités.   123

La part des filles devrait être moindre que celle des
garçons.   124

Effets que la dépréciation du numéraire devrait produire sur la législation et sur la fixation de la liste
civile.   127

Nécessité de nouveaux réglemens de police à l'égard
des portiers et des domestiques.   129

Utilité d'une loi contre les falsificateurs de liquides
et de comestibles, etc., etc.   130

(179)

	Pages
La vaccination devrait être obligatoire.	132
Idée du polydrame.	134
Nouveaux rythmes de mon invention.	136
Idée de ma nouvelle manière de construire les villes et les maisons.	148
Projet d'embellissement et d'utilisation pour la place Louis XVI et les Champs-Élysées.	152

FIN DE LA TABLE DES MATIÈRES.

ERRATA.

Page 12 : l'écoulement des eaux ménagères, *lisez :* l'écoulement souterrain des eaux ménagères.

Page 25 : syphillitiques , *lisez :* syphilitiques.

Page 80 : et il l'a été en effet depuis lors , *ajoutez :* du moins à un nombre qui en approche.

Page 107 : des jurés opposés, *lisez :* des jurys opposés.

Page 122 : des par portions égales tels qu'ils sont partages usités dans les successions, *lisez :* des partages par portions égales tels qu'ils sont usités dans les successions.